DESEO

D1636306

ANNA DePALO

Un juego peligroso

HARLEQUIN™

Editado por Harlequin Ibérica.
Una división de HarperCollins Ibérica, S.A.
Núñez de Balboa, 56
28001 Madrid

© 2019 Anna DePalo
© 2019 Harlequin Ibérica, una división de HarperCollins Ibérica, S.A.
Un juego peligroso, n.º 172 - 20.12.19
Título original: Power Play
Publicada originalmente por Harlequin Enterprises, Ltd.

I.S.B.N.: 978-84-1328-620-4
Depósito legal: M-32671-2019
Impreso en España por: BLACK PRINT
Fecha impresion para Argentina: 17.6.20
Distribuidor exclusivo para España: LOGISTA
Distribuidor para México: Distibuidora Intermex, S.A. de C.V.
Distribuidores para Argentina: Interior, DGP, S.A. Alvarado 2118.
Cap. Fed./Buenos Aires y Gran Buenos Aires, VACCARO HNOS.

MIXTO
Papel procedente de
fuentes responsables
FSC® C108412

Este libro ha sido impreso con papel procedente de fuentes certificadas según el estándar FSC, para asegurar una gestión
responsable de los bosques.

Capítulo Uno

A Sera le desagradaban los tipos carismáticos, los malos parientes políticos y las sorpresas inesperadas.

Por desgracia, Jordan era las tres cosas, y su repentina aparición en su lugar de trabajo, en un soleado día de primavera en Massachusetts, implicaba que debía prepararse para algo impensable.

–¡Tú! –exclamó Sera sin poder evitarlo.

Había sido un día más en Astra Therapeutics hasta que Jordan Serenghetti, el atractivísimo jugador de béisbol y modelo de ropa interior, se había colado en la fiesta.

Jordan sonrió.

–Sí, yo.

Con los brazos cruzados, se apoyó en la camilla como si adoptar una postura sexy fuera su segunda naturaleza, hasta cuando tenía que sostenerse con muletas, como era el caso en aquel momento. Vestido con una camiseta verde de manga larga y unos vaqueros, desprendía carisma. La camiseta le realzaba los fuertes músculos de los brazos y los vaqueros se ajustaban a sus estrechas caderas. No era que ella se estuviera fijando, al menos no de *esa* forma.

Sera no se fiaba de los hombres que eran demasiado buenos para ser verdad, a los que todo les resultaba fácil. Jordan Serenghetti encabezaría esa lista. Con el cabello negro y alborotado que llevaba muy corto, los ojos verdes y un rostro de rasgos esculpidos, destacaría en cualquier sitio.

Sera lo había visto en los anuncios de ropa interior, luciendo paquete y alimentando miles de sueños. Pero ella había aprendido por las malas a atenerse a la realidad, a no fantasear.

—¿Qué haces aquí? —le espetó. Le habían dicho que el siguiente paciente la esperaba en la sala seis, pero no sabía que fuera Jordan

Se había enterado de que se había lesionado jugando al béisbol, pero se figuró que el personal de los New England Razors lo atendería bien, así que no iba a preocuparse por él, a pesar de que ahora eran casi parientes, ya que su prima se había casado con el hermano de Jordan. En los anales de sus malas historias con los hombres, Jordan ocupaba el segundo puesto, a pesar de que tenía claro que él no recordaba el encuentro casual que habían tenido en el pasado.

Observó su rodilla izquierda, que llevaba vendada. No estaba acostumbrada a ver a Jordan Serenghetti en una situación de vulnerabilidad.

—Vaya, es un cambio refrescante con respecto a la forma habitual en que me saludan. Normalmente, mis admiradores gritan entusiasmados mi nombre. Eres un antídoto contra la monotonía, Angel.

Sera suspiró. ¿Admiradores? Más bien mujeres gritando su nombre. Mujeres terriblemente equivocadas y engañadas.

—No me llames Angel.

–No soy yo quien tiene el nombre de un ser celestial.

Ella nunca se había arrepentido tanto de su nombre: Serafina. Pero el apodo Angel la irritaba sobremanera, sobre todo en boca de Jordan.

–El ángel de tu nombre es celestial y fogoso –continuó Jordan sin alterarse–. Creo que fue cosa del destino que te llamaran así, ya que eres hermosa y tienes carácter.

Serafina puso los ojos en blanco, negándose a dejarse impresionar por la forma en que Jordan había pronunciado *hermosa*.

–¿Debo sentirme impresionada por tu conocimiento de las trivialidades bíblicas y por esos comentarios que no se sabe si son elogios o groserías? –dejó la tablilla en el mostrador–. Así que has venido a una sesión de fisioterapia.

–Sí.

–Y es pura casualidad que me hayas sido asignado, ¿verdad?

Jordan levantó las manos sonriendo.

–No, no voy a mentirte en eso.

–Muy bien.

–Quiero a la mejor.

Sera estaba segura de que estaba habituado a lo mejor en cuestión de mujeres. Era indudable que lo esperaban ansiosas, cuando salía de los vestuarios de los New England Razors.

–Y tú tienes una excelente reputación. La directora de la clínica no ha dejado de elogiarte.

Con un atleta del calibre de Jordan, Sera estaba segura de que Bernice le habría dado a elegir entre sus empleados. Y era probable que la directora creyera que había hecho a Sera un favor.

Esta recordó la conversación que había tenido con Bernice esa semana. «Estamos intentando firmar un contrato con los New England Razors. La dirección del equipo quiere externalizar parte de la fisioterapia para complementar la labor de su propio personal. Van a entrevistar a tres equipos, incluyendo el nuestro. Si conseguimos el contrato, podríamos trabajar con otros equipos deportivos de la zona».

En aquel momento, ella había descartado la posibilidad de toparse con Jordan, a pesar de que él jugaba en los Razors. Los dioses no podían ser tan crueles. Pero parecía que los dioses se burlaban de los ángeles. A Jordan lo habían mandado, o se había ofrecido voluntario, para comprobar la calidad de los servicios de la clínica. Con ella.

—¿Pediste que fuera yo?

Jordan asintió y sonrió.

—Cuando llamé para concertar la cita para hoy, que la recepcionista no dejara de ensalzar tus habilidades culinarias me acabó de convencer.

—¿Mencionó cómo cocino?

—Parece que los platos hechos en casa que a veces traes para el personal te han hecho ganar muchos puntos. Así que, claramente, eras la elección correcta.

—Permíteme que te recuerde que no nos caemos bien.

—Perdona que te corrija. Yo no te caigo bien. Yo no tengo problemas con las mujeres atractivas y apasionadas. Tú, por el contrario, tienes problemas…

—Justamente.

—Pues deberías sentirte segura conmigo. Somos casi parientes.

Era cierto. Cole, el hermano mayor de Jordan, se acababa de casar con Marisa Danieli, prima de Sera. A Jordan le encantaba bromear sobre el largo y sinuoso camino de la pareja hasta el altar. El antiguo novio de Marisa había salido con la exnovia de Cole, y Jordan decía en broma que Marisa y su hermano se habían comprometido por poderes. Sin embargo, eso no significaba que Jordan y ella fueran parientes en el sentido literal de la palabra.

Marisa y Cole se habían casado por sorpresa, por lo que Sera se había salvado de ser la dama de honor y acompañar a Jordan, que habría sido el padrino.

—Lo vas a pasar mal —afirmó ella cambiando de táctica—. Vas a sudar como en tu vida.

Era una amenaza a medias. Ella esperaba mucho de sus pacientes. Era buena y comprensiva, pero dura.

Jordan siguió sonriendo.

—No esperaba menos.

—¿Siempre estás tan risueño? ¿Nunca hay nubes que te borren la sonrisa?

Jordan soltó una carcajada.

—Es posible que no haya nubes, pero puedo hacer que tu mundo se desequilibre con truenos y relámpagos.

Ahí estaba de nuevo el doble significado con

connotaciones sexuales. Y una voz traicionera susurró a Sera: «Ya lo hiciste una vez, Jordan». Que él no lo recordara resultaba aún más mortificante.

—No creo que quieras tener una relación conmigo. «De nuevo». No soy una mujer a la que puedas dejar fácilmente. «Esta vez». Soy la prima de tu cuñada.

Él enarcó una ceja.

—¿Es eso lo que te detiene?

Ella no iba a recordarle el pasado, el de los dos. Y, con su mala suerte, Jordan y ella serían los padrinos del siguiente hijo de Marisa y Cole.

Jordan se encogió de hombros y miró a su alrededor.

—Al menos tendremos el recuerdo de unas buenas sesiones de fisioterapia.

—Lo único que recordarás será el dolor.

—Sé escuchar, en caso de que quieras hablar en vez de discutir.

Ella lo miró de arriba abajo con recelo, sin saber si bromeaba o no. «Mejor no arriesgarse», pensó.

—Como si fuera a abrirme con un jugador como tú —se mofó ella—. Olvídalo.

—¿Ni siquiera cuando no estés de servicio? —bromeó él—. Sería terapéutico.

—Cuando necesite relajarme, me iré de vacaciones al Caribe.

—Pues dímelo para reservar el billete.

—Serán unas vacaciones. No querré que me hagan enfadar.

—¿Acaso estar enfadada no es tu estado natural?

—¡No!

–Entonces, ¿qué hacemos? Estás enfadada…

Mientras hablaba, Jordan observó a Serafina con desconcierto y deseo. Tenía el cabello rubio y los ojos ambarinos. Era preciosa. Había estado con muchas mujeres hermosas, pero la personalidad de Sera brillaba como una luz interior. Claro que ella le lanzaba comentarios sarcásticos, pero él disfrutaba metiéndose con ella.

Era un rompecabezas que quería resolver porque no había conocido a nadie más resentido que Sera Perini.

–Te propongo un trato. Trataré de portarme bien, si nos vemos y me ayudas.

–Te portarás bien –afirmó ella–. Y el cupón solo vale para la sesión de hoy. Después, se acabó.

–Eres dura negociando.

–No te haces una idea.

–Pues creo que lo voy a averiguar.

–Seguro, pero primero siéntate en la mesa para que le eche un vistazo a la rodilla. Te ayudo.

–No hace falta.

Aunque se habían visto de vez en cuando en alguna reunión familiar, nunca se habían tocado; ni una palmada en el hombro, ni un roce de brazos ni, desde luego, un pellizco en la mejilla. Era como si se hubieran marcado unas líneas que no había que traspasar, porque no eran parientes políticos de los que hacían buenas migas, sino de los que se peleaban. Y tal vez porque ambos lo entendían, era peligroso cruzar aquellas líneas imaginarias.

Él saltó para sentarse en la camilla, ayudándose de los brazos y de la pierna sana. Ella echó una ojeada a los papeles que él había llevado a la cita y dejado en la mesa antes de que ella entrara.

Él aprovechó la oportunidad para volver a examinarla. Ese día llevaba un uniforme anodino y de color azul claro que le ocultaba el cuerpo. Cuando ocasionalmente había trabajado en el Puck & Shoot, un famoso bar deportivo, solía llevar el cabello recogido en una cola de caballo y un delantal negro. Pero, como ahora eran parientes políticos, la había visto vestida de otra forma: con vestidos ajustados, con ropa deportiva… Su cuerpo tenía la forma de un reloj de arena, y todo le sentaba bien. Más de una vez había fantaseado con acariciarle las curvas y las larguísimas piernas.

Sin embargo no sabía cómo relacionarse con ella. Lo atraía intensamente, pero eran parientes, y a ella no le caía bien. De todos modos, la necesidad de provocarla era tan natural e inevitable para él como respirar, y tan irresistible como el impulso de ganar un campeonato de hockey. Además, necesitaba sus conocimientos de fisioterapia. Las empresas para las que hacía publicidad se estaban poniendo nerviosas porque no jugaba. Por enésima vez apartó de sí la idea de que su carrera podía haber terminado. Se esforzaría en llevar a cabo la rehabilitación para que esa posibilidad no se hiciera realidad.

Con una mueca, giró el cuerpo y extendió las piernas en la camilla.

Sera alzó la vista de los papeles.

–¿Cómo ocurrió la rotura de ligamentos?

–En un partido, hace tres semanas. Oí el ruido

al romperse y supe lo que era. A Cole ya le había pasado.

Su hermano había tenido un par de lesiones de rodilla que habían acabado con su carrera de jugador profesional de hockey. Ahora, Cole dirigía Serenghetti Construction. Había sustituido a su padre, Serg Serenghetti, al frente de la empresa, después de que este sufriera un derrame cerebral y tuviera que llevar una vida más tranquila.

–Has tenido suerte de que haya sucedido al final de la temporada. ¿Quién te ha operado?

–El doctor Nabov, del Wesdale Medical Center, la semana pasada. Estuve hospitalizado un día. Insistieron en que pasara allí la noche. Supongo que no querían correr riesgos con mi recuperación. Les gusta el hockey.

–Ya –ella volvió a ojear los papeles–. ¿Firmaste autógrafos allí?

Él sonrió y se cruzó de brazos.

–Algunos.

–Supongo que las enfermeras se volverían locas.

Él respondió a su sarcasmo de la misma manera.

–No, están curadas de espanto.

–¿Te has puesto hielo en la rodilla?

–Sí. El personal del hospital me dijo lo que debía hacer después de la operación.

–¿Hasta que te pusieras en manos más expertas?

Él sonrió.

–Sí, en las tuyas.

Ella podría ser su tipo si no fuera tan irritable. Sin embargo, puesto que eran parientes políticos, una aventura estaba excluida.

Sera apartó los papeles y se le acercó.

—Muy bien, voy a quitarte la venda de la rodilla.

Lo hizo con suavidad. Cuando la hubo retirado, los dos examinaron la rodilla.

—Buenas noticias.

—Estupendo.

—No parece que haya infección y hay muy poca sangre —hizo presión en la rodilla mientras él seguía sentado, aunque se había echado hacia atrás y se sostenía con los brazos—. ¿Te hago daño? —preguntó sin levantar la vista.

—Nada que no pueda soportar.

—Qué fuerte.

—Los jugadores de hockey somos duros.

—Ya veremos —ella continuó presionando y manipulándole la rodilla.

—Soy el primero al que tratas. Si no, lo sabrías.

—Nunca me ha interesado lo duros que son los jugadores de hockey.

—Tú tienes disciplina mental.

—Los fisioterapeutas somos duros.

Jordan sonrió.

—Y guapos.

—Compórtate.

—De acuerdo.

Ella agarró un instrumento de la mesa.

—Voy a tomarte unas medidas básicas para saber cómo estás.

—Muy bien —esperó mientras ella le estiraba la rodilla un poco, se la medía, se la doblaba y volvía a medírsela.

Después de dejar el instrumento, ella dijo:

–No es un mal punto de partida, si tenemos en cuenta que has tenido la rodilla vendada desde que te operaron. Nuestro objetivo de hoy será mejorar las funciones cuadráticas y la movilidad de la patella, entre otras cosas.

–¿Qué es la patella?

–La rótula.

–Claro.

–Dime si te hago mucho daño.

Lo dijo en tono solícito y él contestó bromeando:

–¿No era dolor lo que me habías prometido?

–Solo el pretendido y esperado.

Era un atleta de gran nivel. Estaba acostumbrado al dolor.

–¿Cuántas roturas de ligamento has tratado?

–Unas cuantas. Al final te diré si has sido mi mejor paciente.

Él reprimió una carcajada porque ella, hábilmente, había apelado a su instinto competitivo. Se preguntó si utilizaba la misma técnica para engatusar a todos sus pacientes. Era probable que algunos practicaran deporte, ya que la rotura de ligamentos era una lesión frecuente, aunque ella nunca hubiera tratado a un jugador de hockey profesional como él.

–¿Me vas a quitar puntos si me muestro irreverente?

–¿De verdad quieres saberlo? –ella le sujetó dos cables al muslo–. Te voy a estimular los músculos con electricidad.

En opinión de él, la electricidad ya los había

estimulado a ambos en el momento en que ella había entrado. Pero pensó que ya se había metido bastante con Sera y que ella no iba a aguantarle más tonterías, por lo que se quedó callado los siguientes minutos y se limitó a seguir sus instrucciones.

Tras la estimulación muscular, ella le enseño a mover la rótula para ganar flexibilidad y le mostró unos ejercicios para hacer en casa.

Ninguno de ellos le pareció muy difícil. Al cabo de media hora, ella le dijo que su capacidad de flexión de la rodilla había pasado de diez a ochenta grados.

El sonrió

—¿Soy tu mejor paciente?

—No te vanaglories, Superman. Llevabas la rodilla vendada, lo cual interfería con la movilidad, así que por fuerza tenías que mejorar de forma significativa.

—Me lo tomo como una respuesta afirmativa.

—Eres imposible —Sera apretó los dientes—. Necesitarás sesiones semanales.

—¿Cuánto durará la terapia?

—Normalmente, tres o cuatro meses.

—Entonces, ¿nada a largo plazo?

Ella asintió.

—A lo que estás acostumbrado.

«Una aventura». Las palabras quedaron suspendidas entre ellos, sin haber sido pronunciadas. Ella había captado el doble sentido de las de él y se las había devuelto corregidas y aumentadas.

Capítulo Dos

–No puedo hacerlo. No puedo ser la fisioterapeuta de Jordan Serenghetti –dijo Sera.

–Tienes que hacerlo –respondió Bernice, la directora de la clínica.

–Necesita una niñera, no un fisioterapeuta.

–Confiamos en ti para conseguir que el equipo
sea nuestro cliente.

Y Jordan Serenghetti confiaba en crearle problemas. Hacía una hora que había acabado la sesión con él, y aún perduraban sus efectos en ella:
estaba molesta, exasperada e indignada.

Era cierto que Jordan despedía encanto por
cada poro de la piel. Ella no era inmune. Seguía
siendo una mujer a la que le gustaban los hombres. No estaba muerta, aunque llevaba mucho
tiempo reprimiendo sus necesidades. Pero eso no
implicaba que Jordan fuera a llegar a algo con ella.
De nuevo. Y él no se acordaba de nada en absoluto. Ella solo había sido un rostro entre miles, fácilmente olvidable. Le había quedado claro al volver
a encontrárselo, años después, cuando trabajaba
de camarera en el Puck & Shoot y él no había dado
muestra alguna de haberla reconocido.

Pero, ahora, estaba resuelta a ganar el partido:
Sera 1, Playboy 0.

¿Soportar meses de cercanía con Jordan? Sería una dura prueba para sus nervios. Así que, una vez acabada la sesión, había ido al despacho de Bernice para plantearle el caso. ¿Hasta qué punto le gustaría el hockey a su jefa?

–¿Y si me asignas a otra persona y te traigo una lasaña para agradecértelo?

–Lo consideraría un pequeño soborno –respondió Bernice–, sobre todo si es una de las que preparas en casa. Pero no. Si hacemos un buen trabajo, los New England Razors nos darán trabajo de forma regular, lo cual sería un espaldarazo para Astra Therapeutics y para tu carrera.

Ella reprimió una mueca. No había escapatoria.

–Ya has tratado a clientes difíciles con anterioridad. Todos lo hemos hecho.

Sera abrió la boca y la volvió a cerrar. Aquello era distinto, pero no sabía explicar por qué.

–¿Acaso no estamos hablando de nepotismo? Se me asigna al cliente maravilloso porque es pariente político mío.

Bernice rio.

–El hecho de que seáis prácticamente familia debería hacer que ese trabajo fuera pan comido. Claro que si se trata de un mal pariente, también todos lo tenemos.

Sera apretó los labios. Se había esforzado mucho para conseguir el título de fisioterapeuta. Había trabajado de camarera al mismo tiempo y soportado tres años agotadores para sacarse el título. Y, ahora, Jordan Serenghetti era un obstáculo para seguir progresando.

–Por favor. Su falso encanto me quita las ganas.

La directora enarcó las cejas.

–No me lo estoy tomando como algo personal –añadió Sera rápidamente–. No hay mujer a la que Jordan no intente seducir.

–Si fuera algo joven y mi esposo me lo permitiera, me plantearía salir con Jordan Serenghetti.

–¡Por favor, Bernice! Keith vale su peso en oro. ¿Por qué ibas a cambiarlo por pirita? –Sera sabía que su jefa acababa de cumplir sesenta años y de celebrar treinta de casada.

–¿Qué te hace pensar que Jordan no es sincero?

Sera no iba a hablar del pasado y a explicarle que había aprendido por las malas algunas cosas sobre los hombres. Ahora no se dejaba engañar por bíceps desarrollados y fuertes abdominales.

–El problema es que él sabe que tiene lo necesario.

–No hay ningún mal en que un hombre esté seguro de sí mismo –dijo Bernice riendo.

–Es arrogante, que no es igual –Sera decidió que tenía que hablar con Marisa. Tal vez su prima convenciera a Jordan que no era buena idea tenerla de fisioterapeuta. Si ella no podía librarse de aquel trabajo, quizá él se echara atrás.

Cuando acabó la jornada laboral, a las cuatro de la tarde, condujo hasta la casa de Marisa y Cole, en Welsdale. Se detuvo frente a una mansión de estilo colonial. El soleado día de mayo casi eliminó su mal humor. Había mandado un mensaje a Marisa, así que, cuando se bajó del sedán, su prima ya le estaba abriendo la puerta.

Marisa llevaba un portabebés y se puso el dedo a los labios, antes de besar a Sera en la mejilla.

–Dahlia se acaba de dormir. Voy a dejarla en la cuna.

–Cole y tú le habéis puesto un nombre muy propio de Hollywood –observó Sera, meses después, el nombre del bebé seguía haciéndola sonreír.

–Si Daisy es aceptable, ¿por qué no Dahlia? –preguntó Marisa volviendo la cabeza mientras Sera cerraba la puerta.

–Creí que Rick y Chiara buscarían un nombre muy original para su hijo, pero se contentaron con uno tan tradicional como Vincent.

Sera no se parecía mucho a su prima. Tenían los ojos ambarinos, que era un rasgo de la familia, pero Sera era algo más alta que Marisa y tenía el cabello rubio oscuro, lo que lo diferenciaba del largo cabello castaño y rizado de su prima. De adolescentes, pasaban mucho tiempo juntas, y Sera, a veces, hubiera deseado que el parecido entre ambas fuera tan marcado que pudieran pasar por hermanas.

–Vuelvo enseguida –dijo Marisa mientras comenzaba a subir las escaleras del vestíbulo–. Ve a la cocina.

Mientras Sera se dirigía a la parte de atrás de la casa observó que el nuevo hogar aún estaba escasamente amueblado, pero había señales del bebé por todos lados. Cuando su prima bajó, poco después, fue directa al grano.

–Marisa, Jordan está a punto de ser mi paciente.

Su prima no se alteró.

—Lo han mandado contigo para que le ayudes a recuperarse de la rotura de ligamentos.

—¿Lo sabías? —Sera no ocultó su sorpresa—. ¿Y no me has avisado?

—Me he enterado esta mañana. Cole mencionó por casualidad que Jordan iba hoy a Astra Thera-peutics. Pero no estaba segura de que te lo fueran a asignar. Aunque, ahora que lo pienso, él había comentado a Cole que probablemente pediría que fueras tú quien lo atendiera. Creímos que bromeaba porque no parece que vosotros dos os llevéis bien.

—Pues no es ninguna broma, pero alguien ha cometido un error —como había querido ahorrar a su prima cualquier roce con su familia política, y como su primer encuentro con Jordan había sido embarazoso, no le había dicho a Marisa que los caminos de Jordan y ella se habían cruzado hacía tiempo. Bastante malo era ya que los demás nota-ran la tensión entre los dos.

—Si hay alguien que pueda meter en cintura a Jordan, eres tú —bromeó Marisa.

—No tiene gracia.

—Claro que no, pero puede que hayas encontra-do tu media naranja.

—No digas eso —Sera se estremeció.

Lo único que le faltaba era que alguien creyera que Jordan era un desafío laboral que no podía vencer. En primer lugar, ella no quería conquistar nada, sobre todo a él. En segundo lugar, era impo-sible que Jordan fuera su media naranja. El hecho de que, a los veintiún años, él no la hubiera considerado digna de ser recordada demostraba que no estaban hechos el uno para el otro.

Su prima echó una ojeada a un muestrario de pinturas abierto en la encimera.

—¿Quién iba a imaginarse que habría tantos tonos de beis para la habitación de invitados?

Cole y Marisa se habían mudado solo unos meses antes a la mansión colonial que Cole había construido para su familia. Lo habían hecho justo antes de nacer Dahlia. Sera sabía que la decoración de la casa preocupaba a Marisa.

—Busca ayuda profesional. Contrata a un decorador.

—¿No es ese el motivo de que Jordan haya acudido a ti?, ¿que seas una profesional? ¿Por qué eres tan reacia a ayudarlo?

Porque… porque… De ninguna manera iba a hablarle de embarazosos incidentes del pasado.

—Es detestable.

—Sé que no hay buena relación entre vosotros, pero tendrá que hacer lo que le digas.

—Es de los que consiguen lo que quieren —y desconocía el significado de la palabra «esforzarse».

—Protestas demasiado.

—Hablas como una verdadera profesora de inglés.

—Antigua profesora. Estoy de baja por maternidad de mi puesto de subdirectora de la escuela Pershing —Marisa bostezó—. ¿Quieres comer algo?

—No, gracias. Y estás desempeñando muy bien tu papel de madre.

—Lo sé —dijo Marisa riendo compungida—. A

pesar de mi historia familiar. Al menos, Cole está conmigo para ayudarme.

A Marisa la había criado una madre soltera, Donna, la tía de Sera. Su padre había muerto antes de nacer ella, pero había dejado claro que un hijo no entraba en sus planes de ser jugador de hockey.

Hombres… Sera no necesitaba más pruebas de que no eran de fiar. Su horrible experiencia con Neil se lo había más que enseñado. Jordan había sido el inicio de su mala carrera, que parecía compartir con las mujeres de su familia.

«Debe de ser genético», pensó.

—Cole y tú debéis convencer a Jordan de que no es buena idea.

—Sera…

—Por favor.

Jordan se removió en el taburete, al lado de su hermano, y miró alrededor. El Puck & Shoot estaba lleno de gente, algo habitual un jueves por la noche. No estaba ninguno de sus compañeros de los Razors, en parte debido a que se habían ido de vacaciones porque la temporada había acabado.

Sera ya no trabajaba allí, lo cual estaba bien, se dijo. Aún recordaba su reacción al enterarse, poco después de la boda de Cole, de que la hermosa camarera rubia de su bar preferido era prima de Marisa. Una jugarreta del destino.

De todos modos, esa noche parecía una de los viejos tiempos. Casi se sentía como entonces: normal, en vez de lesionado, sin poder jugar y con hermanos que se habían convertido repentinamente en padres, aunque se alegraba por ellos. Era bueno no quedarse en casa, lo cual le hubiera supuesto más tiempo para pensar en su incierto futuro, con la inquietud que lo acompañaba esos días.

Si pudiera sacar la frustración y la energía acumuladas de la forma habitual, las cosas irían mejor.

—Echo de menos las tardes en que íbamos a entrenar a Jimmy's, el gimnasio de boxeo.

Cole, sentado en la barra a su lado, sonrió.

—Ahora tengo mejores cosas que hacer, después de trabajar.

—Desde que te has casado te has vuelto aburrido, tío —masculló Jordan sin mala intención—. Y ser padre ha incrementado tu domesticidad.

—Dahlia es maravillosa —contraatacó Cole—. ¿Te he contado que ayer se dio la vuelta en la cuna?

—No, pero es evidente que se parece a Marisa: tiene belleza y cerebro.

Cole se limitó a sonreír, en vez de enfrentarse a su hermano. Y ese era el problema. Jordan añoraba los viejos tiempos. Y parecía que Cole ni siquiera echaba de menos el hockey. ¿Adónde iban a ir a parar?

—Solo estoy aquí por Marisa, que me ha pedido que viniera a hacerte compañía.

—Me debes una; más de una. No estarías regodeándote en felicidad marital de no ser por mí.

—Claro, cómo iba a olvidarlo —contestó Cole en tono sarcástico—. Por suerte para ti, todo acabó bien. En caso contrario, tal vez tuvieras la nariz partida.

Jordan sonrió porque así era el Cole de los viejos tiempos.

–La suerte no tuvo nada que ver. Marisa y tú estabais hechos el uno para el otro. Y que conste que una nariz rota incrementaría mi atractivo.

Jordan había comprobado lo desgraciado que se sentía su hermano cuando su reconciliación con Marisa no había llegado a buen puerto, así que le contó una mentirijilla diciéndole que ella lo buscaba y lo mandó a su piso, con la esperanza de que, una vez los dos solos, hablarían, arreglarían las cosas y se darían cuenta de que estaban destinados a estar juntos. En realidad, Cole y Marisa no se habían reconciliado entonces, sino poco después. Y habían invitado a todo el mundo a una fiesta de compromiso que resultó ser una boda sorpresa.

Sera estaba allí, naturalmente, atractiva y seductora. Jordan se había enterado poco antes, en una fiesta para recaudar fondos para una ONG, que era pariente de Marisa, y había reconocido a la camarera del Puck & Shoot con la que no había tenido ocasión de hablar y que siempre parecía evitarlo. El parecido con su prima cuando estaban juntas era inconfundible.

Se había quedado con la boca abierta al verla transformada de camarera en una seductora mujer con un vestido de fiesta de satén azul sin espalda. El maquillaje resaltaba sus deslumbrantes facciones: labios carnosos, ojos atrevidos y bellos pómulos que hubiera deseado cualquier modelo. El vestido le realzaba los hombros y los brazos tonificados y descendía por sus maravillosas curvas y a lo largo de sus interminables piernas, con los pies calzados con sandalias de tacón. Esa noche, al ver que tenía la oportunidad de hablar con ella, se había cercado a las dos mujeres, pero Sera lo había espantado como una mosca molesta.

—Pareces pensativo —dijo Cole dándole una palmada en la espalda—. Anímate, no seas tan pesimista.

Jordan creía que no se le notaba lo que pensaba, pero tal vez se equivocara.

—Desde que te has casado y has abandonado ese rasgo para estar vomitivamente alegre, alguien tenía que ocupar tu lugar. Y ahora, Rick y tú sois padres.

—Sí —dijo Cole sonriendo.

—Alguien tiene que defender la reputación familiar.

—¿A qué reputación te refieres? ¿A estar triste y deprimido?

—No, a ser sexy y estar soltero —si dejaba de ser un jugador de hockey profesional que atraía a las mujeres, ¿quién era? Se estremeció. Mejor no contemplar el abismo.

—Muy bien, pero ¿qué ensombrece tu condición de sexy y soltero?

—Es evidente.

La lesión le había impedido pisar la pista de hielo al final de la temporada y las empresas de las que era imagen empezaban a ponerse nerviosas. Por no hablar de que la lesión no lo dejaba en buena situación para negociar su siguiente contrato con los Razors. Una rotura de ligamentos había puesto fin a la carrera de uno de los Serenghetti.

—Soy la prueba viviente de que hay vida después del juego —dijo Cole en voz baja.

—Lo sé, pero si consigo recuperarme, me quedarán unas cuantas temporadas buenas —tenía treinta y un años, pero estaba en plena forma; mejor dicho, lo había estado. Las dos temporadas anteriores habían sido de las mejores.

—Hablando de lesiones —dijo Cole indicando con un gesto de la cabeza las muletas que Jordan había apoyado en la barra—, ¿qué estás haciendo con respecto a la tuya?

Jordan dio un trago de cerveza. Por suerte, como la rodilla operada era la izquierda, había vuelto a conducir esa semana.

—Estoy haciendo fisioterapia.

Cole bebió a su vez cerveza sin mirarlo.

—Ya, me han dicho que con Sera. Así que no bromeabas cuando dijiste que tal vez fuera ella quien te atendiera en Astra.

—Las noticias vuelan —murmuró Jordan—. La vi ayer.

—Se supone que estoy aquí para convencerte de que dejes de verla.

—Vaya, así que esto es lo que parece. Es la primera vez que una mujer intenta no verme.

—Sera es especial.

—Y que lo digas.

—No te metas con ella. Es prima de Marisa, no alguien a quien puedas abandonar fácilmente.

—Oye, que lo único que he pedido es que me cure la rodilla, no que salga conmigo.

El tono de su hermano era ligero, pero había

una advertencia subyacente. No estaba seguro de si esta se debía a que Cole estaba pensando en lo que era mejor para él o quería proteger a la prima de su esposa. Cole era el hermano responsable, y Jordan lo atribuía al hecho de que fuera el mayor.

—Reconoce, Jordan, que no puedes dejar de mostrarte encantador y que te gustaría que ella reaccionase.

—Creí que iba a ayudarla en su carrera al pedir que fuera ella la que me atendiera.

—Parece que no desea ese empujón.

Jordan frunció los labios, divertido. Si no tuviera una gran autoestima, sentiría su orgullo levemente herido.

—Cuando la dirección de los Razors supo que iba a necesitar rehabilitación, me pidieron que probara un nuevo equipo. Recordé que Sera trabajaba en Astra, así que mencioné el único nombre que conocía cuando llego el momento de pedir una cita.

—Pero Sera no quiere trabajar contigo.

—Detente, corazón —dijo Jordan llevándose la mano al pecho—. Una mujer que no quiere estar conmigo.

—Lo superarás. Hazme caso, no debes enredarte con la prima de Marisa. La he visto en el cuadrilátero y lanza un peligroso *jab* con la izquierda.

—¿A quién de las dos has visto? —bromeó Jordan.

—A Sera, pero es algo genético.

—¿Cómo lo sabes?

—Una vez, Marisa y yo fuimos a buscar a Sera al gimnasio para ir después a comer. Estaba terminando de entrenar. Y el resto lo sé porque estoy casado con una de las partes implicadas. Marisa tampoco se deja avasallar.

Así que Sera boxeaba, como él. ¿Le gustaba eliminar la frustración con un saco de arena?

Se quedó callado. No se esperaba que Sera se tomara la molestia de pedir ayuda a Marisa y Cole. Creía que le había hecho un favor al solicitar sus servicios. Lo sorprendía su grado de oposición, y volvió a preguntarse a qué se debía. Tal vez debiera abandonar la idea de hacer fisioterapia con ella, si tanto miedo le daba, pero no antes de averiguar por qué estaba tan en contra de él.

Capítulo Tres

—¿A que no sabes una cosa?

Sera miró a Dante, su hermano mayor, con recelo. Lo quería, pero a veces resultaba insoportable.

Se hallaban en el Dory's Café, en el centro de Welsdale, y ella ya se había preparado para cualquier sorpresa, ya que se hallaba sentada y revitalizada por el café matinal. Y Dante estaba de suerte, ya que la mesa estaba entre ellos, por lo que no podría darle una patada en la espinilla.

—Muy bien, me rindo. ¿Qué es?

—Tengo un nuevo trabajo.

—Enhorabuena —dijo Sera respirando aliviada—. Ya somos dos en menos de tres años. Mamá estará dando saltos de alegría —a su madre le vendría bien la buena noticia. Rosana Perini aún estaba reconstruyendo su vida, después de haber enviudado siendo muy joven. Toda la familia había tenido que enfrentarse a la adversidad hacía seis años, cuando Joseph Perini había muerto. Sera tenía veintitrés. Había sido una de las cosas que la había decidido a iniciar un nuevo capítulo de su vida, y había vuelto a estudiar para licenciarse en fisioterapia.

—Te presento al nuevo vicepresidente de Mercadotecnia de los New England Razors.

A Sera se le encogió el estómago. No podía ser.

Que Dante trabajara para ese equipo significaba una nueva forma de relacionarse con Jordan Serenghetti. De todos modos, consiguió decir:

–Enhorabuena.

–Gracias, Sera. Es el trabajo de mis sueños.

Su hermano era un apasionado del deporte. De adolescente, su habitación estaba decorada con objetos relacionados con el fútbol y el hockey. No era de extrañar que alguien hubiera creído que era el candidato ideal para ese puesto.

Un sueño hecho realidad para Dante. Una pesadilla para ella. No le hacía falta que Jordan Serenghetti participara más en su vida. Dante le regalaría entradas para los partidos de hockey y propondría que toda la familia saliera a cenar; no dejaría de hablar de las hazañas de Jordan en la pista de hielo y fuera de ella.

Su hermano, sin embargo, no parecía darse cuenta de su incomodidad.

–Tal vez Marisa pudiera echarme una mano con Jordan Serenghetti. Puede invitarnos a los dos a una barbacoa familiar en su casa. Asegurarme de que Jordan y los Razors están mutuamente satisfechos forma parte de mi trabajo.

–No hace falta que Marisa lo haga –dijo Sera. Iba a contárselo porque sabía que se acabaría enterando–. Yo veo a Jordan Serenghetti.

–¿Ah, sí? –preguntó Dante enarcando las cejas.

–Es paciente mío en Astra Therapeutics. Los Razors quieren subcontratar una parte de la rehabilitación física de los jugadores, y Jordan es su conejillo de Indias.

Su hermano sonrió de oreja a oreja.

—Querrás decir el tuyo.

—Oye, que soy una profesional.

—Entonces, ¿por qué lo miras en las reuniones familiares como si fuera la peste?

—Por distancia profesional.

Dante lanzó un bufido.

—No me lo creo.

—Tú mismo. Le voy a mandar a otro terapeuta del centro.

—¿Por qué?

—Lo acabas de decir: no nos llevamos bien.

—¿Y la lealtad familiar?

—¿A Jordan Serenghetti? Solo es nuestro primo político —como si lo pudiera olvidar.

—Pero podría estar en deuda contigo por haberlo rehabilitado.

En ese momento llegó la camarera con la comida.

Su hermano tomó el primer bocado, ladeó la cabeza y la observó.

—No te gusta porque las mujeres lo adulan.

—No lo había notado y tampoco es asunto mío —se concentró en echar pimienta a la tortilla.

—No deberías dejar que te amargue la mala experiencia con ese Neil.

Era cierto, si se pudiera fiar de su instinto. Pero seguía sin estar segura de que le funcionara bien. Y Dante no sabía que Jordan y ella habían hecho algo más que hablar de trivialidades en el pasado. Tampoco quería que se enterara. Bastante malo era ya que supiera lo básico sobre su relación con Neil.

Dante agitó el tenedor mientras tragaba.

–Al menos deberías decirle a Jordan que no tienes nada personal contra él.

–De ninguna manera, y tú tampoco se lo vas a decir –porque sí tenía algo personal contra él.

–Muy bien, como quieras. Pero creo que cometes un grave error.

–Pues será mío.

–Sera –dijo Dante de pronto–, me vendría bien tu ayuda.

–Vaya, qué cambio.

–Lo digo en serio. Necesito que Jordan vuelva a la pista, cuanto antes mejor. Sería un gran comienzo para mi trabajo que pudiera atribuirme parte del mérito. O, al menos, si pudiera decir que mi hermana, la fisioterapeuta con magia en las manos, lo ha ayudado a recuperarse.

Sera hizo una mueca.

–Eso es pedir mucho, Dante.

Este carraspeó.

–Me han dado el puesto en los Razors, pero hay alguien arriba que me la tiene jurada. Tuvimos una mala historia para conseguir un empleo anterior, y estoy seguro de que le encantaría que fracasara.

Sera suspiró.

–¿Qué clase de historia?

–Competimos por un puesto en una agencia deportiva… y también hubo una mujer implicada.

«Estupendo», pensó Sera. Se imaginaba a su hermano en un triángulo amoroso.

–Los admiradores de Jordan quieren verlo jugar –insistió Dante.

–Me da igual –Jordan seguía estando en excelente forma, a pesar de la lesión, y le daba igual el dinero que fuera a perder. ¿Qué eran para él unos millones más o menos?

–Te lo ruego, Sera.

Ella se removió en la silla. Por una vez, se había dado la vuelta a la tortilla. Su hermano necesitaba ayuda, a diferencia de lo que había sucedido cuando eran más jóvenes y era él quien la sacaba de apuros. Aunque era muy pesado, también la protegía. A diferencia de ella, Dante recordaba al niño que sus padres habían perdido al nacer, y parecía que hubiera hecho suya su silenciosa preocupación de perder a otro ser querido. Así que le hacía advertencias sobre lo que debía evitar en la escuela, la defendía cuando se metían con ella y le guardaba algunos secretos, en vez de contárselos a sus padres.

Por otro lado, Jordan amenazaba la seguridad del mundo que se había creado con tanto esfuerzo. Sabía la fuerza que tenían sus besos y no iba a volver a hacer el ridículo. Si ayudaba a Dante, se la iba a jugar.

Sera se cruzó de brazos al entrar en la sala.

–Vas a seguir conmigo.

Jordan estaba apoyado en la camilla, con las muletas a su lado. Estaba muy guapo, incluso bajo la luz fluorescente de la sala. Ella, por su parte, llevaba el uniforme habitual.

Jordan puso cara de sorpresa, antes de volver a esbozar la sonrisa despreocupada, marca de la casa.

–¿Voy a seguir contigo? Yo que pensaba que lo mejor del día sería haber probado la comida que has traído para el personal, que, por cierto, estaba deliciosa.

–Pues te equivocabas –contestó ella de forma inexpresiva. Pero ¿por qué le había gustado el cumplido?

–¿Qué te ha hecho cambiar de opinión? Hace tiempo que no estaba tan sobre ascuas.

–Seguro que no es frecuente que una mujer te dé plantón.

–¿Tú qué crees? –preguntó él sonriendo.

Ella no hizo caso de la pregunta y apretó los dientes. Lo mejor era acabar cuanto antes.

–Mi hermano Dante acaba de empezar a trabajar para los Razors, como vicepresidente de Mercadotecnia, para ser exactos.

–Parece que los Perini no sabéis manteneros a distancia de los jugadores de hockey profesionales.

Ella esbozó una sonrisa gélida.

–Permíteme que te recuerde que me han asignado este trabajo, que no me he presentado voluntaria.

–El resultado final es el mismo.

–Voy a ayudar a Dante rehabilitándote.

–Naturalmente.

Había sido fácil.

–Y yo, ¿voy a conseguir algo por ayudarte?

Sera entrecerró los ojos. Se había precipitado. Ese era el Jordan Serenghetti que se esperaba.

–No seas mezquino. Debería bastarte la posibilidad de hacer algo bueno.

Jordan rio. No parecía ofendido.

—Ahora entiendo por qué te has presentado hoy en la cita, como estaba previsto, en vez de fingir que tenías tifus. Así que estás de acuerdo en ser mi fisioterapeuta. Y yo estaba a punto de permitir que te salieras con la tuya.

—No vas a ponérmelo fácil, ¿verdad?

—¿Es una pregunta retórica?

—Lo bueno es que te voy a hacer sudar.

—Ya sabes que hay gente que paga para ver eso.

Por supuesto que ella sabía que Jordan cobraba millones por lucir sus habilidades en la pista de hielo.

—¿Es que no puedes parar?

—No, si me resulta tan divertido.

—Entonces creo que ha llegado el momento de que la situación deje de ser tan divertida.

—Que sepas que estaba a punto de renunciar a hacer la rehabilitación contigo. Cole vino a verme, debido a tu negativa categórica a tratarme. Es evidente que has cambiado de idea.

La estaba haciendo quedar como una oportunista. No sabía que Marisa le había dicho a Cole que hablara con Jordan.

—¿Por qué no anulaste la cita o pediste que te atendiera otra persona?

—No quería hacerte quedar mal. Pensé que sería mejor que fueras tú quien me lo dijera.

Sera se sentía mal, culpable. ¡Maldito fuera! ¡Solo intentaba ayudar a su hermano!

Apretó los dientes. Podía hacerlo. Se lo debía.

—Gracias.

Él se llevó la mano a la oreja.

–¿Qué has dicho?

Y así comenzaron de nuevo a pelearse. Ella sabía que iba a morder el anzuelo, pero no podía evitarlo.

–Gracias… por darme la oportunidad de verte resoplar y sudar.

Jordan se echó a reír y se sentó en la camilla.

–Cuando quieras.

Ella apartó las muletas y le ayudó a estirar las piernas. Una vez acomodado, le examinó la rodilla. Después de tocársela y presionársela, reconoció que iba mejorando.

–La inflamación está como debe estar en esta fase.

–¿Así que está cicatrizando bien?

–Eres un atleta profesional en plenas facultades. No es de extrañar –como él se mostró complacido, ella añadió–: Hoy vamos a centrarnos en aumentar la movilidad y mejorar aún más las funciones cuadráticas.

–Parece… divertido –dijo él en tono seco–. Es asombroso que no nos conociéramos en la escuela secundaria. Perdiste varias oportunidades de darme una patada en el trasero.

–Yo no utilizaría la palabra «asombroso» –más bien, un alivio. De adolescente podía haberse metido en un buen lío con Jordan. Ahora era mayor y más lista.

–Marisa me ha dicho que te criaste en East Gannon. Justo al lado de mi casa.

–Sí, pero en otro mundo –East Gannon era el

primo pobre de Welsdale. La gente vivía en casas de madera, no en mansiones con caros jardines.

–En la secundaria, Welsdale jugó contra East Gannon muchas veces.

–No me interesaba mucho el hockey en la secundaria. Se lo dejaba a Dante.

Jordan la miró sorprendido.

–¿Y te consideras habitante de New England?

–Jugaba al voleibol.

–Una atleta. Sabía que teníamos algo en común –dijo él con los ojos brillantes.

Ella se contuvo para no poner los ojos en blanco.

–Y tengo entendido que también boxeas para estar en forma –murmuró–. Así que tenemos dos cosas en común.

–Dudo que haya una tercera –contraatacó ella. Él se limitó a reírse.

Ella pensó que podía acostumbrarse a cómo se le arrugaban los ojos y a la diversión que se apoderaba de su rostro.

–¿Fuiste a Welsdale High? –prosiguió ella–. Creí que habrías ido a un colegio caro como Pershing, igual que Cole.

Cole había sido una estrella del hockey en Pershing. Allí había conocido a Marisa, que acudía becada. Habían tenido una aventura adolescente hasta que ella tomó parte en su expulsión temporal de la escuela. Habían llevado vidas separadas durante quince años hasta que el destino y una recaudación de fondos en Pershing los había vuelto a reunir.

–Serenghetti Construction no fue bien durante la recesión, así que decidí quitarles un peso económico a mis padres yendo a Welsdale High el último año.

—Ah —ella intentó conciliar esa información con lo que sabía de Jordan «Sacrificarse» no era una palabra que hubiera relacionado con él. Y no quería tener un motivo para que le cayera bien.

—Me fue muy bien en la escuela secundaria de Welsdale. Te lo perdiste.

—No lo lamento. ¿Habrías querido ir a Pershing?

—No. La escuela de Welsdale tenía un equipo de hockey igual de bueno y fuimos campeones dos veces, durante mi estancia allí.

Esa vez, Sera puso los ojos en blanco.

—Seguro que crees que fue porque estabas en el equipo. Tal vez pensaras que la escuela Pershing era peor que la de Welsdale. Al fin y al cabo, la expulsión temporal de Cole debido a Marisa supuso que esa temporada Pershing no ganara el campeonato.

—No le echo la culpa a Marisa. Fue cosa del destino —la miró con descaro—. Y no, no fui a la escuela de Welsdale porque creyera que su equipo de hockey era mejor. Pensaba que mi equipo sería superior dondequiera que yo jugara.

—Así que tenía razón: te atribuyes todo el mérito.

—Como te he dicho, puesto que ambos equipos estaban más o menos igualados, decidí hacer un favor económico a mis padres, pero les hice creer que me cambiaba a causa del equipo.

Sera también se puso seria.

—Pues hiciste bien. Parece que, de vez en cuando, te comportas de forma agradable.

—¿Quieres ayudarme a mejorar mis modales?

–No soy profesora, y algo me dice que serías un mal alumno. Pero ahora mismo tengo algo que enseñarte. Deslizamientos del talón, el primer ejercicio para la rodilla.

Lo guio para demostrarle cómo deslizar el talón a lo largo de la camilla para extender la rodilla durante veinte segundos. Después, él se tumbó e hizo repeticiones solo, agarrado a un cinturón atado al talón.

–Muy bien –lo animó ella–. Eso hará que mejore la función cuadrática.

Él resopló mientras seguía, hasta que ella le dijo que era suficiente.

Le quitó el cinturón y lo dejó en la mesa.

–Ahora voy a enseñarte algo que puedes hacer en casa tú solo.

Él enarcó una ceja y ella le lanzó una mirada adusta al tiempo que sentía calor en las mejillas.

–Estupendo –dijo él–. Supongo que debería dar gracias porque no haya paparazis buscando una foto mía con muletas.

–Exactamente –ella le puso el índice en una de las incisiones de la rodilla y lo movió hacia delante y hacia atrás con suavidad y firmeza–. El masaje de la cicatriz reducirá la inflamación. Tienes que hacerlo diariamente –comenzó a mover el dedo en círculo–. Puedes variar la dirección.

Sera mantuvo la vista fija en la rodilla y Jordan se quedó callado, para variar, observando a Sera.

–Una pregunta –dijo por fin–. ¿Alguno de tus pacientes, antes que yo, ha flirteado contigo?

–Tú y yo no hemos flirteado. Bueno, tú sí, pero esas cosas no se hacen sin cooperación –le colocó la mano donde ella había tenido la suya–. Ahora, prueba tú.

Él imitó el movimiento.

–Muy bien, ¿y antes que yo?

Ella puso la mano encima de la suya para guiarlo, sin hacer caso de la repentina excitación que sentía al volver a tocarlo.

–Algunos lo han intentado sin éxito.

–Vaya, así que se trata de un desafío.

–Aunque a ti te lo parezca, yo más bien lo calificaría de intento inútil.

Él alzó la vista.

–Así que arrojas el guante.

Ella lo miró a los ojos.

–No estás capacitado para agacharte y recogerlo.

–Pero no por mucho tiempo –replicó él con un brillo travieso en los ojos.

–Ahora vamos a probar la bicicleta estática –dijo ella sin hacerle caso.

–¿Ya voy a empezar a pedalear?

–La pierna buena hará todo el trabajo –ella se sintió aliviada porque fueran al gimnasio. Hablar con Jordan mientras estaban solos era como caminar por la cuerda floja. Requería toda su atención, y necesitaba descansar.

Él la siguió al gimnasio con las muletas y ella lo ayudó a montarse en la bicicleta.

Como él tenía tanto carisma, a Sera casi se le olvidaba que estaba lesionado. Se concentró y le dijo lo que debía hacer.

Jordan pedaleó lentamente hacia delante y hacia atrás con la pierna sana, y la rodilla izquierda se dobló y estiró en respuesta.

—¿Te duele mucho?

—Lo he pasado peor en los entrenamientos con los Razors.

—Bien. Tienes que forzarla, pero no demasiado.

Lo observó durante varios minutos hasta estar satisfecha con el esfuerzo realizado.

—Buen trabajo.

—Un efusivo elogio, viniendo de ti.

—No hemos acabado.

Al cabo de varios minutos volvieron a la sala de tratamiento, donde ella le indicó cómo levantar la pierna recta tumbado de espaldas y de lado levantando la pierna desde la cadera.

Mientras realizaba el último ejercicio, ella miró el reloj y se dio cuenta, sorprendida, de que el tiempo se había acabado.

—Muy bien, es todo por hoy.

—¿Ya hemos terminado?

—Estás haciendo progresos excelentes —dijo ella asintiendo—. Has ganado algo más de movilidad en la rodilla y vamos a seguir trabajando en eso.

Él sonrió. No era una sonrisa burlona ni provocadora, sino genuina. Sera parpadeó.

—Me alegro de que las cosas estén avanzando —dijo él.

«Ya somos dos», pensó ella. Pero, para su paz de espíritu, por muy deprisa que mejorara, nunca sería lo bastante.

Capítulo Cuatro

—Las empresas publicitarias necesitan que las tranquilices. ¿Cuándo crees que volverás a jugar? —era la voz preocupada de Marvin Flor hablando por teléfono con Jordan.

Este se removió en el asiento. Marv llevaba casi diez años siendo su agente, desde que su carrera como jugador profesional había comenzado. Era bueno, duro y un mago en cuanto a publicidad. De ahí, los numerosos contratos publicitarios de Jordan: desde ropa interior, a equipos y bebidas deportivos. Marv tenía sesenta y pocos años y era clavado al actor Javier Bardem. Llevaba más de treinta años siendo un excelente agente deportivo.

—¿Por qué no creas, con tu hermana Mia, una línea de ropa deportiva masculina? ¿No es una diseñadora emergente?

Jordan contuvo la risa. La propuesta medio en broma, al menos él creía que no hablaba en serio, de Marv indicaba que estaba desesperado. Sonó el teléfono fijo, pero no le prestó atención.

—En primer lugar, no creo que Mia esté dispuesta a diseñar ropa deportiva masculina en estos momentos; en segundo, nos acabaríamos matando si trabajásemos juntos. Rivalidad entre hermanos, y esas cosas.

Jordan observó la luz de finales de la tarde que se filtraba por los ventanales del ático en Welsdale. Normalmente, cuando la temporada había acabado, desplegaba una enorme energía, de vacaciones, en eventos y entrenándose para mantenerse en forma. Ahora, no hacía pesas en su gimnasio y llevaba semanas sin ir con Cole a boxear. Al menos, hacía unos días que había prescindido de las muletas, puesto que ya hacía casi un mes de la operación.

—De acuerdo —Marv suspiró—. ¿Sabes cuándo volverás a jugar?

—Es poco probable que sea a principios de la temporada. La rehabilitación durará al menos tres meses —Jordan se estremeció. Los contratos publicitarios estipulaban que, si no jugaba, se arriesgaba a perder millones. Y también se avecinaba la negociación de su contrato para seguir jugando en los Razors.

—¿Cuál es el pronóstico?

—Hay motivos para creer que la recuperación será completa.

—Muy bien, porque todos conocen la historia de la familia.

Se refería a Cole, a que la carrera de jugador profesional de uno de los hermanos Serenghetti había acabado.

—Estoy en muy buenas manos, Marv. Las mejores —no podía quejarse de los médicos. De la fisioterapeuta…

Sera lo había sorprendido en la última sesión. Él estaba contento de facilitar las cosas a Dante con los Razors. Y Sera, de mala gana, sería su fisiotera-peuta, aunque a veces parecía que le gustaría darle unos cuantos puñetazos en el cuadrilátero. La idea lo hizo sonreír. De hecho, su mayor problema con su prolongada recuperación era que podía peligrar su plan sobre lo que hacer con el dinero de las empresas publicitarias. Había pasado varias noches inquieto porque su carrera fuera a finalizar, pero era un luchador.

–Pues si, de momento, no vas a poder jugar, tendremos que hacerte visible de forma positiva, lo que pondrá contentas a las empresas.

El teléfono fijo volvió a sonar y Jordan le dijo a Marvin que esperara mientras respondía. De la portería del edificio le anunciaron que su madre estaba subiendo. Jordan volvió a hablar con su agente.

–No te preocupes, Marv. Con esta rodilla venda-da, no voy a irme de juerga a Las Vegas.

–Ya, ya. Pero lo mejor sería que la prensa pu-blicara buenas noticias sobre ti. No basta con no meterse en líos.

Jordan sabía que a Marv le encantaría su plan sobre qué hacer con los cheques que recibiera por hacer publicidad, pero, de momento, no quería dar a conocer su plan. No se lo había mencionado a nadie. Los motivos de dicha idea eran profundos y personales, por lo que aún seguían siendo secretos.

–Supongo que no tienes una relación medio se-ria con nadie.

Jordan tosió.

–No.

Pretendía disfrutar de su inmensa fama y fortuna. Había sido durante muchos años un niño enfermizo metido en casa o ingresado en el hospital, hasta que se convirtió en el fuerte adolescente que podía lanzar el disco a la portería mejor que nadie.

Además, su estilo de vida no favorecía tener un hogar y una familia. Cuando jugaba, se pasaba viajando la mitad del tiempo, y la temporada era larga, comparada con la de otros deportes. No estaba listo para sentar cabeza. Seguía siendo Jordan Serenghetti, estrella de la Liga Nacional de Hockey y modelo publicitario. Llevaba años en la pista de hielo, y no estaba seguro de quién era, más allá de la identidad que se había creado con tanto esfuerzo.

–Bueno, de momento, no te vas a mover de donde estás. Todavía hay esperanza. Una relación con una chica de aquí te daría buena prensa.

La única mujer a la que Jordan veía en aquellos momentos era Sera, que no era una mujer a la que se pudiera confundir con su novia, teniendo en cuenta que su expresión típica cuando estaba con él era el ceño fruncido. Probablemente daría a los periodistas con la puerta en las narices, negaría toda relación con él y amenazaría con llevarlos a juicio por unir su buen nombre al de Jordan Serenghetti. Esa idea lo hizo sonreír.

Se imaginó que podrían divertirse juntos. ¿Qué mal había en flirtear un poco? Y le despertaba la curiosidad la razón de la irritabilidad de Sera. Al menos estaría contenta al saber que había hecho todos los ejercicios que le había mandado. Estaba deseando verla la semana siguiente para seguir conociéndola.

Oyó que llegaba el ascensor privado que conducía directamente al interior del ático, unos segundos antes de que la puerta se abriera y apareciera su madre, con una fuente en la mano.

—Tengo que colgar, Marv —su agente le pidió que siguiera en contacto con él.

Jordan bajó la pierna lesionada del sofá.

—Qué sorpresa, mamá.

Camilla Serenghetti sonrió al detenerse frente a él.

—Te he traído algo de comer.

—Es mi rodilla la que necesita ayuda, no mi estómago, mamá. De todos modos, lo que has traído huele muy bien.

—Tienes que conservar la energía —se dirigió a la cocina, que se veía desde el salón—. Es lasaña.

—¿Con bechamel?

—Como a ti te gusta.

—El personal del programa debe de adorarte si no dejas de prepararle platos especiales —como otra persona a quien conocía. Pero su madre presentaba un programa de cocina, *Sabores italianos con Camilla Serenghetti*. Su nombre se había añadido recientemente.

Su madre se volvió hacia él, desde la cocina, con el ceño fruncido.

—No me preocupa el personal del programa, sino los nuevos dueños del canal televisivo. No estoy segura de que les guste mi cocina.

45

—¿Bromeas?

—Se habla de grandes cambios. Tal vez no quieran que haya un programa de cocina.

—¿Van a suprimir el tuyo?

—*Per piacere*, Jordan. Por favor, cuidado con lo que dices.

Jordan sabía que el programa era muy importante para ella. Y su padre había sido invitado una vez, cuando por fin había superado la tristeza en que se había sumido tras el derrame cerebral.

—No van a suprimirlo, mamá. Estarían locos si lo hicieran.

—¿Aunque quieran que el canal tome una nueva *direzione*? —desde siempre, su madre había mezclado su lengua materna y su lengua adoptada.

—Los telespectadores te adoran. Hablas el lenguaje universal de la comida.

Su madre pareció aliviada.

—Los años de probar recetas con mi familia han dado resultado. Siempre te comías la *pastina con brodo*. Unos buenos hijos hacen que desarrolles buenas habilidades culinarias.

A Jordan le encantaba la pasta con caldo de su madre. La había comido durante toda su infancia. Incluso ahora, el olor lo retrotraía a aquella época de su vida. Se lo preparaba cada vez que estaba enfermo o lesionado.

También sabía lo mucho que significaba el programa para su madre en aquel periodo de su vida.

—¿Cómo está papá? Además de ahogado en *pastina con brodo*.

Su madre servía el mismo plato a cualquier enfermo de la familia. Y como su padre no se había recuperado por completo del derrame, ella continuaba con su cura culinaria. De hecho, a Jordan le sorprendía que no le hubiera llevado ese plato al visitarlo.

–No seas desvergonzado, Giordano. Tu padre está bien de salud. El programa, no tanto.

Jordan se relajó un poco ante las noticias sobre la salud de su padre. La salud de Serg Serenghetti había sido motivo de preocupación para su familia desde que había sufrido el derrame, años antes.

–Seguro que me vas a decir que vas a subir vídeos a Internet para aumentar la audiencia.

–No, *mia assistente* en el programa ya lo hace.

–Y ha nacido una estrella.

–Eso díselo a tu padre.

–¿A qué te refieres? Acabas de decir que está bien.

–Sí, de salud.

–Un momento, no me irás a decir… ¿Le cuesta aceptar que sea tú la que mantiene a la familia?

–Ya sabes que no necesitamos dinero.

–¿Entonces? –preguntó él con una sonrisa.

Su madre pareció vacilar.

–Creo…

–¿Que lo estás eclipsando?

Camilla asintió.

–Me ha propuesto participar habitualmente en el programa hablando de vinos.

–Tiene delirios de grandeza –afirmó Jordan reprimiendo la risa.

–Creó Serenghetti Construction –apuntó su madre.

–Claro –la idea de una sección dedicada al vino estaba de acuerdo con la enorme personalidad de su padre–. Inclúyelo en el programa, mamá, antes de que llegue a un acuerdo con otro pez más gordo. Cole te proporcionará un abogado. Átale las manos con un acuerdo en exclusividad –bromeó él.

Camilla elevó la vista al cielo como pidiendo una intervención divina.

–Ya tenemos un largo acuerdo. Estamos casados –su madre lo examinó de arriba abajo–. Parece que estás mejor, más fuerte. Haces rehabilitación con Sera.

Era una afirmación, no una pregunta. Su madre ya estaba al tanto.

–Sí, qué coincidencia –dijo Jordan con precaución.

–Es una mujer encantadora.

«Ya estamos», pensó él. Pero se negó a morder el anzuelo.

–Cole ha heredado una extensa familia política.

–Sera podía haberle hecho rehabilitación a tu padre.

–Ya es tarde. Además, papá tuvo el derrame antes de que Marisa y Cole se hubieran reencontrado. Hizo una mueca mientras trataba de levantarse del sofá. Su madre se acercó con la preocupación pintada en el rostro.

–Ten cuidado, no vayas a hacerte daño. Aún no estás curado.

Él esperó para ponerse de pie a que ella lo agarrara del codo.

–Gracias, mamá.

Que Rick fuera un especialista en Hollywood, y su esposa, actriz, no implicaba que él no pudiera actuar cuando era necesario, como a la hora de desviar a su madre de un tema espinoso.

–Ven a comer algo –dijo ella dando un paso hacia atrás.

Misión cumplida.

¿Por qué estaba allí? Sus días de camarera en el Puck & Shoot hacía tiempo que habían acabado, al convertirse en fisioterapeuta. Pero seguía ayudando en el bar de vez en cuando, cuando andaban escasos de personal. No podía rechazar un dinero extra.

Mientras llevaba una bandeja con cervezas, vio a Jordan con el rabillo del ojo.

Angus, el dueño, la había llamado desesperado porque le habían fallado dos camareras y era sábado.

Aquel trabajo a tiempo parcial la había ayudado a pagarse los estudios, pero había llegado un momento que le había supuesto un obstáculo para empezar una nueva vida. No obstante, creía que estaba en deuda con Angus.

Jordan estaba sentado en la barra, como habitualmente, acompañado de dos compañeros del equipo que no se habían marchado, a pesar de que la temporada había finalizado.

Como Jordan no solía sentarse a una mesa, casi nunca tenía que servirlo. Habían pasado años desde su breve encuentro en la universidad, y cuando ella comenzó a trabajar en el bar, le quedó claro que él no la reconocía, lo cual la había molestado y enfadado, a la vez que aliviado, sobre todo después de que Neil le hubiera confirmado su opinión sobre cierta clase de hombres. Eran jugadores que pasaban de una mujer a otra, como si hicieran malabarismos con pelotas.

Ahora que Jordan sabía quién era, la prima de Marisa y su terapeuta, incluso le parecía pequeña la distancia que la separaba de la barra. Mientras servía las cervezas a los clientes de una mesa, se percató de que Jordan llenaba la sala con su presencia. Poseía el elevado magnetismo propio de las personas famosas. Con los ojos verdes, la mandíbula cuadrada, su altura y sus músculos, podía conseguir que una mujer se sintiera como si fuera la única en la sala.

Más de una vez lo había visto seguirla con la mirada por el atestado bar, haciendo que fuera muy consciente de la ajustada camiseta y la minifalda, parcialmente cubierta por el delantal, que llevaba. A pesar de no ir arreglada ni mostrar mucho, no llevaba el uniforme de la clínica. Y el cabello recogido en una cola de caballo por comodidad implicaba que no podía ocultar su expresión a Jordan.

Ya se arrepentía de haber accedido a ser su fisioterapeuta, como le había dicho a Marisa en un breve mensaje. Hasta ese momento, había conseguido realizar cuatros sesiones con Jordan por pura fuerza de voluntad. Durante las dos semanas anteriores, él había dejado de usar las muletas, aunque aún distaba de estar recuperado. En la terapia, había hecho los ejercicios que ella le había enseñado y habían trabajado el equilibrio, la extensión y la fuerza de la rodilla, con un mínimo de bromas por su parte.

Sera admiraba su capacidad de recuperación. Debería estar contenta. Sin embargo… Su única defensa era que estaba al mando durante las sesiones.

Después de haberse asegurado de que todos los clientes de la mesa tenían lo que habían pedido, volvió con la bandeja vacía. Intentó eliminar la sensación de que la observaban de manera sensual. Jordan ya lo había hecho antes de saber quién era ella, pero ahora era más pronunciado, incluso descarado, a pesar de que eran parientes políticos. Él sabía que ella no podía ser un ligue ocasional, porque se volverían a ver. ¿Acaso no obedecía la señal de peligro cuando la veía?

Tendría que recordarle lo sucedido ocho años antes. Había estado tentada de hacerlo varias veces, pero la había detenido el orgullo. Lo único que le faltaba era contarle a Jordan que había sido una más en su lista de mujeres olvidadas.

Vio con el rabillo del ojo que una joven morena se acercaba a Jordan y entablaba conversación con él. Al cabo de unos segundos, este sonrió y comenzó a flirtear con ella. Naturalmente.

Sera reconoció a la mujer. Era Danica Carr, una cliente ocasional. Hacía poco que Danica le había comentado que quería estudiar fisioterapia. Angus le había dicho que Sera se había costeado los estudios trabajando de camarera.

Sera dejó de prestar atención a Jordan y a su acompañante y se dedicó a trabajar. La distracción del trabajo era un alivio, pero, una hora después, le empezó a doler la cabeza. Era un esfuerzo considerable hacer como si Jordan no existiera. Y seguía hablando con Danica.

Al detenerse en una esquina de la barra al final de su turno, Sera notó que aumentaba su mal humor. Una vez había sido como Danica, joven, confiada y a punto de tomar una importante decisión sobre su futuro profesional.

Ahora ni siquiera utilizaba aplicaciones telefónicas para salir con alguien. Lo único que le quedaba al final del día era el agotamiento. Si no podía fiarse de lo que le indicaba el instinto sobre un hombre, después de meses de salir con él, ¿cómo iba a confiar en una mera foto en el móvil?

Era muy probable que Jordan fuera un genio de las citas mediante aplicaciones telefónicas. Apretó los labios al pensarlo. Lo supiera o no Danica, Jordan era un león jugando con una gatita. De repente, Sera supo que ella debía domar aquel león. No podía limitarse a observar sin hacer nada, mientras Jordan atrapaba a otra joven ingenua.

Vio que Danica volvía a su mesa. Sera se dirigió hacia Jordan, que volvió la cabeza y la vio, casi como si hubiera sabido dónde se hallaba.

Llevaba vaqueros y una camiseta que dejaba ver sus bíceps. ¿Cómo se las arreglaba para ser un anuncio andante incluso lesionado? Él la examinó rápidamente de arriba abajo, sin perder detalle, pero ella se negó a ponerse nerviosa o sucumbir, cuando la mayoría de las mortales en su lugar se habrían quedado sin palabras y se habrían limitado a soltar risitas tontas.

Cuando se detuvo frente a él, Jordan no dijo nada. La observó con expresión indescifrable. Por suerte, sus dos amigos estaban absortos en su conversación y no se dieron cuenta.

—Danica es una ingenua —dijo ella sin más preámbulos—. Déjala en paz. No es de las tuyas.

—¿Sabes cuáles son las mías? —preguntó él con una sonrisa.

—No me relaciono con indeseables. Mi madre me enseñó bien.

Jordan sonrió de oreja a oreja.

—Eres una mojigata. Tienes que relajarte.

Era fácil decirlo para él, que era el rey de la relajación.

—Y, por si no te has enterado, eres mi paciente. Esa es la única relación que hay entre nosotros.

—Estamos en un bar, no en la clínica.

—Pero estoy trabajando.

Jordan se acarició la barbilla.

—¿No eres de las que se quedan boquiabiertas ante mi encanto?

—Claro que no. Soy sensata —«en la actualidad», pensó. Era difícil explicar cómo había sido una presa fácil para Neil no hacía tanto. Cuanto más pensaba en ello, más se preguntaba si se había enamorado de él precisamente porque era elegante y tenía mundo. Tal vez quería demostrar que podía valerse por sí misma y no era la indefensa Sera necesitada de protección.

—Sin embargo, noto que hay fuego y pasión en ti —murmuró él.

—Eso es porque te critico. Sé cuál es tu juego.

—¿Has robado las instrucciones de juego de los Razors?

Sera puso los brazos en jarras. No le convenía que Angus la viera discutiendo con un cliente, sobre todo con uno famoso en toda la ciudad, pero, por suerte, había mucha gente en el bar.

—Sabes a qué me refiero. Conozco a los de tu clase.

—¿Estás celosa de Danica?

—¡Por favor!

—Pues no deberías. De momento, las camareras irritables son mi tipo, sobre todo si han tenido una mala experiencia previa.

Sera contuvo el aliento y apretó los labios.

—No soy ingenua, si te refieres a eso.

—No he dicho eso, pero eres cauta.

«El gato escaldado…», pensó ella.

—Danica no es mi tipo, pero, por principio, soy amable con mis admiradores.

Danica reapareció de repente.

—Me marcho, Jordan. ¿Quieres que te lleve a casa?

Jordan esbozó una sonrisa deslumbrante.

—No hace falta, gracias.

—Ah —dijo Danica con expresión desencantada—. Creí que al estar lesionado…

—Ya no llevo muletas, por lo que puedo conducir —Jordan señaló a Sera con la mano. Danica no había reparado en ella—. Era de lo que hablábamos Sera y yo.

Sera le dirigió una mirada de incredulidad.

–Hola, Serafina –dijo Danica.

–¿Qué tal van las solicitudes para cursar fisioterapia? –preguntó Sera bajando los brazos.

–Aún necesito completar un par de requisitos previos, pero creo que no voy a aprobar Química.

–Seguro que sí, con mucho estudio. Después podrás dedicarte a poner en forma a jugadores –señaló a Jordan.

–Parece que necesito que me enderecen –afirmó Jordan en tono divertido.

–Algo más que eso –masculló Sera mirándolo a los ojos.

–Lo siento, no lo sabía –dijo Danica mirando a uno y a otro.

–¿Qué es lo que no sabías? –preguntó Sera.

Danica frunció el ceño.

Jordan se bajó del taburete y le pasó el brazo por los hombros a Sera.

Danica retrocedió.

–Me marcho –se giró en dirección a sus amigos, que seguían esperándola–. Me alegro de haber hablado con vosotros.

Sera se volvió hacia Jordan.

–¿Le has hecho creer…?

–Sí, has empezado tú.

Sera apretó los labios.

–Gracias por facilitarme que la haya decepcionado tan fácilmente –añadió él.

–Yo no…

–Me habías avisado de que la dejara en paz. Misión cumplida.

–¡Pero no así! –no quería que Danica creyera que Jordan y ella estaban… De ninguna manera.

–¿Cómo?

–Lo sabes perfectamente –le espetó ella.

Él le miró la boca.

–Es lo que me has dicho.

–¿Me estás echando la culpa?

–No, dándote las gracias –contestó él sonriendo–. Cuando estés lista para analizar lo que hay entre nosotros, comunícamelo.

Sera nunca había tenido una conversación tan frustrante.

–No hay nada que te masajee más el ego que dos mujeres disputándose tu atención, ¿verdad?

–Si tú lo dices…

De repente, Sera pensó que estaba harta. Harta de un hombre que jugaba con las mujeres, incluso lesionado.

–No lo recuerdas.

–¿El qué?

–La semana de vacaciones de primavera, hace ocho años, en Florida.

–¿Por qué debería acordarme?

–Depende –contestó ella en tono sarcástico–. ¿Llevas la cuenta de todas las mujeres con las que te entretienes o se te aparecen como imágenes sin nombre al cerebro?

–¿Con las que me entretengo? –Jordan le lanzó una mirada penetrante.

–Con las que flirteas. A las que besas.

–¿Tengo que recordar a todas las mujeres con las que he flirteado?

—Por descontado que será una larga lista. ¿Y a las que besas?

—¿Incluyendo a las admiradoras que se me echan encima para abrazarme?

Ella frunció el ceño.

—Incluyendo a aquellas con las que hablaste durante la semana de vacaciones de primavera y a las que besaste después de tomaros unas cervezas.

Jordan la miró pensativo.

—¿Me estás diciendo que nos hemos besado y no lo recuerdo?

Sera se dio una palmada en la frente.

—Denle a este hombre un premio porque se le ha encendido la bombilla.

—Debió de ser todo un beso —dijo él sonriendo.

—¡Pero si no lo recuerdas!

—Pero tú sí.

—Solo porque eres famoso.

—Me acordaría de un nombre tan poco usual como el tuyo —afirmó Jordan frunciendo el ceño.

—No te dije mi nombre. De todos modos, hubieras creído que era Sarah —un error habitual al que estaba acostumbrada.

—¿Así que te gusta ir de incógnito? —preguntó él. Se estaba divirtiendo.

—Acababa de cumplir veintiún años —«era joven y estúpida».

Jordan se frotó la barbilla.

—Veamos, hace ocho años… la semana de vacaciones de primavera en la universidad, en Florida.

—Eso es. Cientos de estudiantes en la playa. Cerveza, baile…

Sus miradas se cruzaron mientras ella bailaba, y la atracción sexual fue inmediata. En bañador y con los músculos bronceados, parecía un Adonis. Y ella no se había sentido más sexy en su vida que cuando él la miró de arriba abajo, con su bikini azul, y vio la aprobación en su rostro, antes de empezar a bailar con ella.

Ella sabía que él quería besarla y fue a su encuentro cuando él se inclinó mirándola a los ojos. Al comenzar a besarse, la multitud los había incitado a seguir. En cuestión de minutos, estaban abrazados, con los cuerpos pegados, ante un montón de espectadores.

–¿Por qué no me lo dijiste cuando volvimos a vernos hace un par de años, en la gala para recaudar fondos de Marisa?

–Por favor, ya conozco a los de tu clase.

–Por supuesto.

–La experiencia no fue importante, salvo porque, desde entonces, respaldó mi impresión sobre tu reputación.

–Naturalmente.

–¿Me estás tomando el pelo?

–Estoy asimilando lo que me acabas de decir. Nuestros labios se han tocado.

–Otra razón para no habértelo dicho. Somos parientes políticos. Hubiera creado una situación violenta.

–O interesante. Siempre he creído que a las reuniones familiares les falta chispa –sonrió–. ¿Así que te conocí en tus años locos?

En sus años ingenuos, cuando era como Danica.

–¿Qué pasó?

Ella se cruzó de brazos.

–A ver si lo entiendo. ¿Me guardas rencor porque no me acuerdo de haberte besado?

–Al acabar, me diste la espalda y te echaste a reír ante tus amigos –como si no hubiera pasado nada, como si ella no tuviera la más mínima importancia. Se le había caído el alma a los pies, de vergüenza y humillación–. Y luego desapareciste entre la multitud.

Su autoestima habría sufrido un duro golpe, antes de ser pisoteada por Neil, años después. Tenía que aceptar que relacionarse con los hombres se le daba fatal.

–Oye…

–Ya he terminado de trabajar –lo interrumpió ella al tiempo que miraba el reloj.

Esa vez, la que se marchó fue ella. Desapareció entre la multitud sintiendo la mirada de Jordan en su espalda.

Capítulo Cinco

Sera apretó los dientes mientras se dirigía al aparcamiento a por su coche. No debería haberle hecho el favor a Angus de ir a ayudarle esa noche. La sangre aún le hervía tras su enfrentamiento con Jordan Serenghetti.

Sera estaba que echaba chispas. Había tenido una mala experiencia que llevaba años guardando como un secreto. Y cuando su gran momento había llegado y lo había revelado, la respuesta de Jordan había sido muy suave, una respuesta de «tampoco es para tanto».

Le recordaba su enfrentamiento con Neil cuando la había engañado. Incluso ante la verdad incontrovertible, solo le había dado justificaciones y excusas: «Eres especial». «Iba a decírtelo…». Y su preferida: «No es lo que crees».

Serafina seguía enfureciéndose cuando recordaba cómo se había dejado engañar por las mentiras de Neil. Había contado a Marisa y Dante los detalles superficiales. No quería que nadie pensara que seguía necesitando protección y que no tenía buen juicio.

Se decía a sí misma que Neil podía haber engañado a cualquier mujer. Irradiaba carisma y encanto, al igual que Jordan Serenghetti.

Carecía de la fama de este, pero la notoriedad hubiera interferido con sus planes. La fama hubiera hecho mucho más difícil que ocultara que tenía esposa y un hijo en Boston. ¡El muy canalla!

Se sentó al volante y salió del aparcamiento. Vivía al otro lado de la ciudad, en un piso de dos dormitorios que había heredado de Marisa. Cuando su prima lo dejó para casarse, aprovechó la ocasión para comprarlo a un precio muy razonable.

Al llegar a la carretera principal, Sera repasó lo sucedido aquella noche. El único motivo de haber aceptado ayudar a Angus había sido que tenía cuatro días libres seguidos, en los que no debía ir a trabajar. ¿Por qué motivo no iba a ayudar un sábado por la noche a un amigo y antiguo jefe? Además, estaba devolviendo el préstamo que había pedido para estudiar, por lo que le vendrían bien el sueldo y las propinas que recibiera esa noche.

Claro que no había sido un simple favor, ya que sabía que Jordan estaría allí. Le había dicho cosas que ella no se esperaba, y Jordan le había parecido casi normal, como si pudiera relacionarse con él. Pero no podía permitirse tener sentimientos encontrados. «Danica no es mi tipo». Eso le hacía preguntarse cuál era su tipo. Y ese era el problema.

Lo único que le faltaba era ponerse a pensar en Jordan Serenghetti. No tenía motivo alguno para preguntarse qué le rondaría por la cabeza.

De repente, detectó un movimiento con el rabillo del ojo. Inmediatamente apareció un oso delante del coche. Sera contuvo la respiración y giró el volante bruscamente para evitar atropellarlo.

El coche se salió de la carretera. Sera oyó que ramas de árbol golpeaban el parabrisas y las puertas del coche. El pánico se apoderó de ella y frenó en seco.

Una eternidad después, o tal vez solo un par de minutos, el vehículo se detuvo y el motor se apagó.

Sera estaba en estado de shock. ¿Qué...? Había ocurrido tan deprisa...

Echó el freno de mano y observó el parabrisas, lleno de restos vegetales. Suspiró y apoyó la cabeza en el volante, temblando.

Al menos no había atropellado al oso.

¿Podía empeorar más la noche? Tenía ganas de gritar. Al cabo de unos segundos, aún temblando, alzó la cabeza y miró la oscuridad que la envolvía. No era seguro para una mujer sola estar en la cuneta en plena noche. Encima no sabía dónde estaba el oso, aunque lo más probable era que se hubiera asustado y hubiera huido.

Podía utilizar el móvil para pedir ayuda. Dante o algún otro familiar irían, si los llamaba. Pero detestaba volver a ser la pobre e impotente Sera a ojos de su familia, pues así la considerarían.

De pronto apareció la luz de unos faros en el retrovisor. Se negó a sentir miedo. Solo era alguien que pasaba, que probablemente seguiría adelante porque ella ni siquiera había encendido las luces de emergencia. Desde el punto de vista estadístico, era poco probable que se tratara de un asesino.

Pero el coche disminuyó la velocidad al pasar a su lado y se detuvo unos metros más adelante.

Cuando el conductor se bajó, ella reconoció de

inmediato a Jordan Serenghetti, a la débil luz de la linterna que llevaba en la mano.

Reprimió un gemido. No era un asesino, sino alguien todavía más improbable: Jordan. Auque no debería sorprenderla, ya que el Puck & Shoot solo estaba a unos minutos de allí.

Se bajó del coche con movimientos vacilantes, pero decidida a parecer tranquila.

Mientras se acercaba, Jordan tenía el ceño fruncido en tanto que miraba el coche y a ella, alternativamente. Sera pensó que incluso con aquella expresión estaba atractivo.

—¿Estás bien? —preguntó en un tono de preocupación poco habitual en él.

—¿No es eso lo que siempre digo yo? —¿cuántas veces le preguntaba ella lo mismo durante las sesiones de rehabilitación? Alzó la barbilla, pero se dio cuenta de que le había temblado la voz. Carraspeó.

Él se le acercó. Nunca lo había visto tan serio.

—¿Qué haces?

—Comprobar que no estás herida. Tranquilízate. Creo que es buena señal que hayas salido del coche por tu propio pie.

La miró a los ojos.

—A pesar de lo que piensas de mí, me gusta echar una mano cuando veo que alguien tiene problemas. ¿Te duele algo?

—No. ¿Qué haces aquí?

Jordan pareció ofenderse, lo cual también era nuevo en él.

—Decidí marcharme después de que te fueras.

–¿Se te había acabado la diversión? –era increíble, pero lo estaba desafiando incluso después de haber tenido un accidente; tal vez por eso mismo, ya que no le gustaba sentirse vulnerable.

–Podría ser, pero me parece que he sido muy oportuno, ya que he aparecido justo después de que hayas tenido el accidente.

–Me las habría arreglado perfectamente sin tu ayuda –Jordan Serenghetti no era el caballero de brillante armadura que venía a rescatarla.

–A juzgar por tus palabras, no estás herida. Y seguro que vas a negar que estés conmocionada. ¿Qué ha pasado?

–Tuve que dar un volantazo para no atropellar un oso –hizo una mueca y miró hacia el bosque–. Espero que no ande por ahí.

–No es probable que se te considere una amenaza –Jordan sonrió–. En cambio, a mí…

Ella se sonrojó. Teniendo en cuenta que acababa de atacarlo en el bar por ser un mujeriego, no iba a discutírselo. Y se esperaba que criticara su forma de conducir, pero, sorprendentemente, no lo hizo.

Jordan se puso a examinar la parte delantera del coche con la linterna.

Ella reprimió un grito cuando vio que el parachoques estaba muy abollado y uno de los faros se había caído. Su coche no era gran cosa, pero ahora tendría que añadir a su presupuesto los gastos de la reparación.

Jordan se puso la linterna debajo del brazo y sacó el móvil

–¿Qué haces?

–Soy práctico –respondió él alejándose unos pasos–. Voy a llamar a la policía para que no tengas que hacerlo tú. Puede que en tu compañía de seguros requieran un informe policial.

Sara se abrazó a sí misma. La noche era cálida, pero había sentido frío de repente. Podía enfurecerse por la actitud de Jordan de hacerse cargo de todo o aceptar de mala gana su ayuda, a pesar de lo que acababa de suceder entre ambos en el bar.

La policía tardó unos minutos en llegar. Debían de estar patrullando cerca.

Cuando el policía se bajó y se acercó a ellos, reconoció a Jordan y su expresión se relajó.

–Usted es Jordan Serenghetti.

–Sí.

–¿Ha chocado?

–Yo no, ella.

El policía miró a Sera.

–¿Qué ha pasado?

–Tuve que girar el volante bruscamente para no atropellar un oso que apareció en la carretera –indicó el coche con un gesto–. El resto ya puede imaginárselo.

El policía se frotó la nuca.

–Ya veo.

–Puede que necesite un informe para la aseguradora –apuntó Jordan.

El oficial puso balizas mientras Jordan llamaba a la grúa.

Cuando el policía volvió a dirigirse a Sera, ella ya tenía listos el carné y la información sobre el seguro. Llegó otro coche de policía.

El nuevo agente también tardó en reaccionar al ver a Jordan.

El primer oficial saludó a su compañero con una palmada en la espalda mientras iba a hacer el informe. Jordan charló con el recién llegado, que, obviamente, no se creía la suerte que había tenido al toparse con una estrella del deporte durante su turno.

Sera se sentía fatal. La noche había ido de mal en peor. En aquel momento debería estar en pijama y bajo las sábanas, no contemplando la admiración que despertaba Jordan Serenghetti.

Cuando llegó la grúa, el conductor aflojó el paso al acercarse a Jordan. Sera no pudo evitar poner los ojos en blanco.

—Usted es…

—Jordan Serenghetti —dijo ella—. Ya lo sabemos.

—No le haga caso —Jordan sonrió—. Está de mal humor. El accidente, ya sabe.

—Al menos, nadie ha resultado herido —dijo el hombre.

Sera se dijo que claro que estaba de mal humor. Señaló a Jordan con la mano.

—Él lo está.

El conductor y el oficial enarcaron las cejas.

—Lo han operado de la rodilla. Estoy segura de que lo habrán oído en las noticias deportivas.

Antes de que ninguno de los dos hombres pudiera hablar, Jordan añadió:

—Sí, y mi fisioterapeuta es tan dura que hace que me acueste todo dolorido.

Los hombres rieron.

Por desgracia para Sera, pasó otra media hora hasta que la grúa se llevó el coche y la policía acabó con el papeleo.

Mientras los dos oficiales se encaminaban a sus respectivos coches, después de que la grúa se hubiera marchado, Jordan se volvió hacia Sera.

—Te llevo.

—Por favor… Lo único que nos falta es ir juntos en el mismo vehículo —aunque era evidente que era lo que la policía había pensado. Sera apretó los dientes—. Puedo utilizar una aplicación del móvil para que un coche venga a recogerme. Mi casa está al otro extremo de la ciudad.

—Sí, vives en el antiguo piso de Marisa.

—Entonces, ya sabes lo lejos que está —ella pensó que no debería sorprenderla que supiera dónde vivía.

—Pero yo vivo más cerca. Vamos.

«Un momento… ¿qué?». ¿No había oído lo que le había dicho? No iba a ir a casa de Jordan.

Como si le hubiera adivinado el pensamiento, él dijo:

—Estás alterada por el accidente, y no te voy a dejar sola en la oscuridad para que te recoja un conductor al que ni siquiera conoces.

—¿Y a ti sí? ¿Ir contigo es más seguro? De todos modos, la caballerosidad ha muerto.

—Tan angelical y tan cínica —murmuró él.

—Tengo buenos motivos.

—Llamaré a un coche para que venga a buscarte a mi casa cuando esté convencido de que estás bien.

Era difícil estar enfadado con alguien al que debías un favor.

Y la última persona con la que quería estar en deuda era Jordan Serenghetti.

Sobreviviría a aquella desastrosa noche y a las semanas de rehabilitación con él. Su mente era un mar de confusas emociones al entrar en el ático de Jordan.

Tenía el aspecto de que un deportista famoso, una estrella del deporte vivía allí. Sin embargo, no vio señales de que lo habitara un playboy al salir del ascensor que los dejó en su interior. Todo era moderno y estaba limpio y ordenado: distaba mucho de ser el lugar desordenado que se esperaba.

–Así que así es como viven los ricos –dijo ella–. Esa cocina te ha debido de costar miles de dólares. Y estoy segura de que ni siquiera cocinas.

–No, pero mi madre lo hace. Y tiene expectativas.

El piso estaba oscuro y silencioso. Y Jordan estaba muy cerca de ella, aspiró el aroma que había aprendido a identificar como exclusivamente suyo.

A consecuencia de las sesiones de rehabilitación, conocía los motivos de que a algunas mujeres les resultara atractivo. Era puro músculo, tenía la mandíbula firme y un brillo travieso en sus verdes ojos. Incluso lesionado, irradiaba un intenso magnetismo.

Se miraron a la escasa luz del piso.

–¿Te has quedado sin palabras? –preguntó él con una media sonrisa.

–Las he utilizado todas.

–Lo sé.

Todo lo que no se habían dicho se levantaba entre ambos.

–Vamos, entra –dijo él.

–Creía que ibas a llamar a un coche.

–Enseguida. Pero antes, yo diría que te vendría bien un hombre en el que apoyarte.

–El tuyo no –horrorizada, se dio cuenta de que la voz no le salía tan firme y fuerte como desearía. Era tarde, estaba cansada y había sido un día muy largo. De repente, le cayó todo encima, y era demasiado. Le gustaría estar en chándal tomándose una infusión, en vez de tener que enfrentarse a la complejidad de su relación con Jordan. Un momento, no, no tenían una relación.

Jordan le examinó el rostro con una mirada penetrante.

–¿Estás bien?

–Muy bien.

–Sera…

A ella le pareció que se ahogaba.

Él la abrazó y le acarició la espalda mientras le colocaba la cabeza bajo su barbilla.

Ella se puso rígida.

–Eres la última persona…

–Lo sé.

–Ni siquiera me caes bien. Eres irritante, maleducado y…

–¿Ridículo?

—Esta es una reacción retardada —gimió ella, relajándose entre sus brazos.

—Es comprensible.

—Si dices una sola palabra de esto…

—No te preocupes. Tu reputación está a salvo conmigo.

—Estupendo.

Estaba más conmocionada por el accidente de lo que pensaba. Más conmocionada por todo.

Él le acarició la espalda con la mano. Ella se apoyó en él. Y estuvieron así hasta que ella perdió la noción del tiempo.

Sin embargo, lentamente, a medida que ella se recuperaba, el consuelo dio paso a otra cosa. Notó que se producían cambios sutiles. La respiración de Jordan se volvió más profunda, en tanto que la de ella se hacía más rápida y superficial.

Él bajó la cabeza y sus labios le rozaron la sien.

Ella alzó la vista y lo miró a los ojos.

—¿Así que a esto se dedica Jordan Serenghetti últimamente? ¿A abrazar?

Sus rostros se hallaban a unos centímetros de distancia y ella seguía apretada contra él.

—¿Qué tal lo hago?

—¿Siempre buscas que te pongan nota?

—Sigues siendo una bocazas —masculló él.

—Mi boca me sirve de arma. Y supongo que vas a desarmarme.

Él se inclinó hacia ella y murmuró:

—Merecería la pena arriesgarse a quedar gravemente herido.

—A ver si te atreves —dijo ella con despreocupación, a pesar de que estaba alerta y en tensión, porque nunca había visto a Jordan tan centrado y decidido.

—Aquel beso…

Ella frunció el ceño.

—¿Qué le pasa?

—Como no lo recuerdo, me pica la curiosidad.

Ella contuvo el aliento y luego le advirtió:

—Como no tienes espectadores que te jaleen, ¿para qué molestarte?

Él presionó su labio inferior con el pulgar.

—Vamos a averiguarlo.

Y sin más ni más, la besó.

Ella intentó parecer despreocupada, pero la boca de él era sensual y la invitaba a un baile lento.

Al final, el beso cobró vida propia. De hecho, Sera no estaba segura de qué se había apoderado de ella. ¿La necesidad de volverse a enredar con un jugador y salir ganado esa vez? ¿Tal vez el deseo de demostrar que era mayor y más inteligente, no tan novata, y que, por tanto, saldría ilesa? No lo sabía ni tampoco quería analizarlo en profundidad.

Jordan le tomó el rostro entre las manos y le introdujo los dedos en el cabello. Su boca era cálida y segura. Le pasó la lengua alrededor de la suya y ella fue a su encuentro. Lo agarró de la camisa para atraerlo más hacia sí, y él soltó un leve gemido.

A lo largo de los años, Sera se había preguntado si el paso del tiempo había distorsionado su recuerdo del beso. ¿Tan bueno había sido? Se le había despertado la curiosidad al volver a ver a Jordan. Y como había sido tan molesto y había conseguido que ella sacara su lado sarcástico, supuso que el recuerdo se le había borrado.

Estaba muy equivocada.

Todo su cuerpo cobró vida, sensibilizado por sus caricias, su aroma y su sabor. Y en aquellos momentos, Jordan no bromeaba. Todo en él indicaba que quería desnudarla para que ambos gozaran.

Cuando se separaron, él le deslizó los labios por la mandíbula y ella ladeó la cabeza para que pudiera seguir por el cuello. Él le agarró un seno y ella se apretó más contra él mientras emitía un gemido de placer. Quería más.

Él volvió a besarla en la boca y le introdujo la pierna entre los muslos. Ella le acarició la espalda y sintió cómo se le movían los músculos bajo la mano.

La envolvió el aroma de Jordan. Pero el personaje despreocupado había desaparecido y lo único que parecía preocuparle era acercarse más a ella y explorar la atracción que ella había descartado por considerarla una jugada astuta por parte de él.

Jordan le metió la mano por debajo de la camiseta y el beso se hizo más urgente. Le apartó el sujetador y le puso la mano en el seno, acariciándoselo tiernamente.

Ella se movió contra él y sintió la fricción de sus vaqueros, que contenían su excitación. Él dejó de besarla y lanzó una maldición.

Le subió la camiseta y le miró los senos mientras se los acariciaba. Ella también miró mientras se los acariciaba. Estaba cada vez más excitada.

–Son tan hermosos –murmuró él–. Perfectos.

Apoyó la frente en la de ella y sus alientos se mezclaron.

–Déjame acariciarte.

Con el cerebro confuso a causa del deseo, al principio ella no lo entendió, hasta que notó que le deslizaba la mano por debajo de la falda. Le apartó las braguitas y comenzó a explorarla.

Sera echó la cabeza hacia atrás y cerró los ojos.

–Qué bien –murmuró Jordan con una voz que ella no reconoció–. Angel, déjame entrar.

Ella dejó que la acariciara, mientras aumentaba su excitación. Ella se movió para que la acariciara mejor, y él lo hizo a un ritmo placentero hasta que la presionó con el pulgar y ella se deshizo, al tiempo que el mundo se hacía pedazos.

Se quedaron así durante unos segundos, hasta que Sera volvió lentamente a la tierra mientras se le iba calmando la respiración.

¿Qué estaba haciendo?

Con la poca cordura que le quedaba, se echó hacia atrás y él aflojó el abrazo. Ella le puso la mano en el pecho y sintió el fuerte y regular latido de su corazón.

Él no se movió. Su rostro parecía esculpido en piedra y mostraba la expresión del deseo sexual insatisfecho.

Ella se sentía muy mal, lo cual era un sentimiento nuevo e incómodo con respecto a Jordan.

–Esto es un error. No...

–Angel...

–No deberíamos haberlo hecho.

Y echó a correr. Agarró el bolso y llamó al ascensor.

—Sera…

Ella ahogó un grito de alivio cuando la puerta se abrió y Jordan no intentó detenerla.

Mientras la puerta se cerraba, se volvió para decirle:

—Llamaré a un taxi abajo.

Capítulo Seis

Jordan se despertó con las sábanas enrolladas en el cuerpo, a causa de lo inquieto que había pasado la noche.

Sera.

Había soñado con ella después de que se hubiera marchado a toda prisa. Al menos en sueños había podido hacer realidad muchas de las fantasías que alimentaba desde dos meses antes. La había guiado y había aprendido con las manos y la boca cuáles eran sus puntos más placenteros. Le había susurrado todas las cosas indecentes que quería hacerle, y ella no se había inmutado. Pero, por desgracia, nada de aquello era verdad. En la vida real, Sera se había ido corriendo de su piso.

Seguía pensando en las revelaciones de la noche anterior. El beso había sido tan fantástico que había alimentado sus fantasías toda la noche. Si Sera no los hubiera interrumpido, dudaba que se hubieran molestado en llegar a su dormitorio. Ella era suave, llena de curvas y receptiva, mejor de lo que se la había imaginado. Tenía la piel más suave que había acariciado.

Y era suave, a pesar de su coraza exterior.

¿Y cómo demonios se había olvidado él de alguien tan memorable como Serafina Perini? Se devanaba los sesos en busca de recuerdos de ocho años antes. ¿Se había comportado verdaderamente de aquella manera tan estúpida?

Era evidente que a Sera la reventaba que la hubiera olvidado tan fácilmente.

La única excusa que tenía era su juventud, su estupidez y su inmadurez: estaba eufórico por las primeras victorias en su carrera de jugador de hockey, que habían hecho que dejara atrás su enfermiza infancia, y decidido a utilizar su nuevo estatus e imagen para atraer a las chicas.

Esa explicación le parecería bien a Sera.

De todos modos, tendrían que volver a verse en la siguiente sesión de rehabilitación. Para complicar aún más las cosas, ella tenía su coche. Después de que Sera se hubiera marchado la noche anterior, él había llamado al conserje para que le ofreciera el otro juego de llaves. El conserje le había dicho que Sera había aceptado de mala gana el ofrecimiento.

Se levantó y fue a ducharse. Necesitaba despejarse e idear una forma de salir de aquel lío. ¿Qué le iba a decir en la siguiente sesión de rehabilitación?

Y luego estaba ese otro problema que tenía la intención de haber mencionado al hablar la última vez con su madre. Hizo una mueca al pensar que se había retrasado mucho en intentar solucionar un problema familiar.

Una hora después, tras haber engullido un desayuno rápido, se dirigió a casa de sus padres.

Su padre estaba sentado en un sillón, con el mando a distancia en la mano, en el gran salón.

–Hola, papá. ¿Y mamá?

Serg Serenghetti alzó la vista.

–Trabajando.

–Así que estamos los dos solos.

Su padre lo miró antes de pulsar una tecla del mando a distancia para cambiar de canal.

–¿Qué vas a ver?

–Uno de esos programas sobre cómo mejorar tu casa que a tu generación le encanta –soltó una carcajada–. Como si esos presentadores de televisión supieran algo del tema.

Jordan se sentó en el sofá que había al lado del sillón de su padre.

–Si mis hijos estuvieran interesados, ayudarían a Serenghetti Construction con un programa de televisión.

–Inténtalo con Rick. Al fin y al cabo, trabaja en Hollywood –Jordan miró a su alrededor–. Qué tranquilidad.

–Si tu madre estuviera en casa, estaría de aquí para allá –Serg apagó el televisor–. Ahora sí que estamos tranquilos.

Jordan negó con la cabeza, desconcertado. Sus padres llevaban varias décadas casados, habían tenido cuatro hijos, tenían nietos, y se habían enfrentado a los altibajos de la empresa. Se habían conocido en un hotel de la Toscana, en cuya recepción trabajaba su madre, cuando Serg había ido a visitar a su familia en Venecia. Su madre llevaba el sentido de la hospitalidad en la sangre, y su última encarnación había sido su programa de cocina.

–¿Por qué estás tan decaído?

–Si te pasaras los días sin trabajar, sentado aquí viendo la televisión, también tú estarías taciturno.

–Ya.

–Ahora que lo pienso, estamos en una situación parecida.

Jordan se removió en el sofá porque no se le había ocurrido que su padre y él tuvieran algo más en común, esos días, que cierto parecido familiar. Una larga convalecencia los impedía volver a su vida habitual. En el caso de su padre, de forma permanente; en el suyo... Jordan se estremeció.

La época de estar enfermo y guardar cama había terminado hacía tiempo, pero estar fuera del equipo a causa de su lesión le hacía revivir el sentimiento de impotencia.

Su padre tenía casi setenta años. Jordan se preguntó dónde estaría a esa edad. No jugando al hockey, desde luego, pero ¿cuál sería el segundo acto de su vida? Al menos tenía un plan sobre qué hacer con sus ahorros, siempre que la lesión no se interpusiera en su camino.

–Necesitas dedicarte a otra cosa.

Su padre se removió en el sillón, refunfuñando.

–A tu madre no le gusta compartir la atención del público.

–Sí, ya me he enterado de que querrías participar en el programa –dijo Jordan sonriendo.

–Los espectadores quedaron encantados cuando aparecí como invitado para hablar de vinos.

–Deberías estar contento del éxito de mamá. Pero te entiendo. Ella está en la cima y tú en una encrucijada.

–¿Desde cuándo eres el psicólogo de la familia?

–Ya sé que es un trabajo sucio –afirmó Jordan riéndose– pero alguien de la familia tiene que hacerlo, y tuve éxito al intervenir en la relación entre Cole y Marisa. Volviendo a mamá y a ti…

–No trates de interferir.

–De acuerdo –el mensaje estaba claro, pero él tenía algo que decir–. Tal vez, en vez de querer participar del éxito de mamá, deberías desarrollar tu propio juego.

De vez en cuando, Sera iba a cenar a casa de su madre. Aquel era uno de esos días.

La sencilla casa de tres dormitorios se hallaba en East Gannon, y no tenía nada que ver con el elegante y moderno ático de Jordan. En ella, libros, recuerdos y fotos llenaban las estanterías, y no había discretos paneles que ocultaran aparatos electrónicos y los secretos de su dueño.

Los contrastes no acababan ahí. En casa de Jordan había muy poca muestras del pasado, en tanto que la casa de su madre tenía un aire de nostalgia, ya que los hijos habían crecido y abandonado el nido, y de tristeza, desde la muerte del padre de Sera, años antes, de un infarto.

Sentadas a la mesa, Sera enrolló unos espaguetis en el tenedor. Su madre era una excelente cocinera.

–Me han dicho que has tenido un accidente de coche –dijo su madre con preocupación.

–¿Cómo te has enterado?

–Jeff, el amigo de Dante, ha estado hoy en el taller y ha oído a un empleado hablando por teléfono contigo para tomarte los datos personales para repararte el coche –su madre enarcó las cejas–. No hay muchas mujeres por aquí que se llamen Serafina Perini.

Por enésima vez, Sera lamentó que su nombre fuera tan original. Y a veces se le olvidaba cómo era una ciudad pequeña como Welsdale.

Se había sorprendido cuando el conserje del edificio de Jordan le ofreció las llaves del coche, siguiendo instrucciones de Jordan. Ahora debía un favor a Jordan, cuando debería estar enfadada con él.

–Supongo que habrás alquilado un coche hasta que el tuyo esté arreglado –dijo su madre– y que has venido con él.

–Sí.

–¿Estás bien?

–Muy bien, mamá.

–¿Por qué no me dijiste lo del accidente?

–Acabo de hacerlo –su madre estaría aún más preocupada si supiera que había acabado en brazos de Jordan Serenghetti después del choque.

–Sabes a lo que me refiero. Las madres somos las últimas en enterarnos –Rosana suspiró–. Seguro que tu prima Marisa se lo habría contado a tu tía enseguida.

Su madre sabía cómo hacer que se sintiera culpable. Y si había algo que Sera hubiera oído hasta la saciedad durante su infancia, era lo unidas que estaban la tía Donna y su prima Marisa. No importaba que la tía Donna fuera madre soltera y madre e hija se apoyaran mutuamente. Rosana Perini admiraba a su hermana mayor, a pesar de que explicaba su vida como un cuento con moraleja. Desde que a Donna la había dejado embarazada un jugador de béisbol, que había muerto inesperadamente poco después, Rosana se había preocupado por ella. Pero estaba encantada de que, por fin, hubiera vuelto a encontrar el amor en Ted Casale.

—¿Quieres que le pida a Dante que vaya al taller?

—No, puedo encargarme yo.

—¿Necesitas dinero?

—No, mamá —Sera esbozó una tensa sonrisa.

Llevaba casi toda la vida intentando borrar la imagen de la pobre Sera que necesitaba protección.

—Menos mal que llegaste bien a casa —su madre volvió a mirarla con preocupación—. Deberías haberme llamado.

Si su madre supiera que no había ido directamente a casa, sino que había pasado por la de Jordan… Un desvío que podía haberse convertido en un cambio total de dirección, si ella no hubiese frenado su relación íntima.

—Tuve la suerte de que Jordan Serenghetti pasara por allí y me llevara a casa.

No directamente. Pero eso no tenía que saberlo su madre. Sera llevaba años ofreciendo a su familia solo la información estrictamente necesaria. Sin embargo, no podía correr el riesgo de que alguien le contara a su madre que Jordan había aparecido después del accidente sin habérselo dicho ella.

81

Rosana la miró con desaprobación.

–Ese es otro motivo de que me preocupe que vivas sola. Si no hubieras llegado a casa, nadie se habría enterado.

Justamente. ¿Quién habría sabido que había estado a punto de pasar la noche anterior en casa de Jordan? Le resultaba increíble la velocidad a la que las cosas se habían complicado. De hecho, llevaba todo el día pensándolo y reviviendo los momentos más destacados. Notó que le ardían las mejillas y esperó que su madre no se diera cuenta.

La capacidad de seducción de Jordan le resultaba incomprensible. Darse cuenta de ella la había hecho salir huyendo de su casa.

Había decidido considerar la noche anterior como una aberración que no volvería a repetirse. La había pillado con la guardia baja, después de una noche en la que había chocado con el coche. Eso era lo que se decía a sí misma y no iba a cambiarlo. Solo tenía que convencer a Jordan de que considerara que la noche anterior no había ocurrido y hacerle jurar que guardaría silencio sobre lo que había comenzado siendo un abrazo de consuelo y se había transformado en otra cosa.

–Era distinto cuando Marisa y tú vivíais juntas –prosiguió Rosana, lo que hizo que Sera volviera al presente– pero ahora no tienes a nadie cerca.

–Le compré el piso a Marisa cuando se casó. Todavía tengo el aura de protección que dejó al marcharse.

–A diferencia de tu hermano, siempre has sido una caradura –suspiró su madre.

–Lo sé. Dante es un ángel. Creo que te equivocaste al ponernos los nombres.

–Hablando de Dante, ha encontrado trabajo.

–Me lo ha dicho –¿cómo iba a olvidársele? El nuevo empleo de su hermano era el que la había metido en aquel lío. Al ser la fisioterapeuta de Jordan, tendría que seguir viendo al pariente político con el que había intimado.

El timbre de la puerta sonó y su madre se levantó.

Unos segundos después, su hermano entró en el comedor detrás de su madre.

–¡Qué sorpresa, Dante! –dijo Rosana–. Justo estábamos hablando de ti.

–Voy a poner otro plato y a calentar más comida. Siempre hago de más –dijo su madre sonriendo mientras se encaminaba a la cocina.

Dante guiñó el ojo a Sera.

–Esa costumbre tuya de «por si acaso» hoy ha dado resultado. Gracias, mamá.

Mientras su madre desaparecía, Sera miró a su hermano.

–La haces feliz.

–Haría lo que fuera por ella –Dante se sentó frente a su hermana–. No sabía que estuvieras aquí. No he visto tu coche.

–Anoche tuve un pequeño accidente, un choque, con el coche. Por eso llevo el de Jordan Serenghetti.

–Un momento. Estoy asimilando la causa y el efecto. ¿Cómo has pasado de chocar con tu coche a conducir el de la máxima estrella de los Razors?

–Dante sonrió–. ¡Qué rapidez la tuya, hermanita! Yo, que soy empleado de los Razors, aún no he tenido la ocasión de tomarme una cerveza con Jordan.

–Muy gracioso, Dante –echó una rápida mirada a la cocina para asegurarse de que su madre no volvía–. Jordan pasó por casualidad por allí después del accidente.

–Paso por casualidad, ¿no?

–Sí –contestó ella sin dejar de mirar a su hermano a los ojos. Si no era capaz de convencer a Dante de que allí no había una historia jugosa, no podría convencer a nadie–. Después de que la grúa se llevara mi coche, Jordan me prestó el suyo. Fue muy generoso.

–Muy generoso –Dante asintió.

–¿Qué te pasa? ¿Te has convertido en un loro?

Su hermano tosió.

–Solo intento entender los hechos.

Sera esbozó una luminosa sonrisa.

–Pues ahí los tienes. Fin de la historia.

–Creí que el objetivo era que Jordan Serenghetti estuviera en deuda con los Perini, no al revés –bromeó su hermano–. A propósito, ¿cómo te va con mi jugador de hockey preferido?

–¿Quién es? –bromeó ella.

–Jordan Serenghetti, naturalmente.

Sera no estaba segura de qué contestar. Era obvio que «he estado a punto de acostarme con él» no era la respuesta adecuada.

–Va a la clínica una vez por semana y se está recuperando bien.

—¿Sigues siendo su fisioterapeuta?

—Sí.

Dante se relajó y se recostó en la silla.

—Sabía que podía confiar en ti, Sera.

—No he dicho que pueda empezar a jugar al comienzo de la temporada. Faltan todavía semanas para darle el alta.

Dante asintió.

—Pero me estás ayudando a entrar con buen pie en la oficina. He dejado caer en conversaciones claves que mi hermana es la fisioterapeuta de Jordan Serenghetti.

—Pues me debes una –¿no se sorprendería su madre al saber que Sera estaba ayudando a Dante, y no al revés?–. No te preocupes, guardaré el secreto y no le diré nada a mamá. Tu aureola seguirá intacta.

—Eres de lo que no hay, hermanita.

—Es un gran favor –probablemente el mayor que Dante le había pedido. Su instinto le había indicado que rechazara a Jordan como paciente lo antes posible, pero seguía con él por el bien de su hermano.

—Vamos, Jordan Serenghetti no es tan malo. Seguro que, entre los fisioterapeutas, hay muchos aficionados al hockey a los que les encantaría que fuera su paciente.

—Yo no estoy entre ellos –solo planeaba sobrevivir los dos meses siguientes en el trabajo y acabar. Antes de que alguien descubriera su pequeño secreto, el que había hecho jurar a Jordan que se llevaría a la tumba.

Capítulo Siete

Podía hacerlo. Sera contuvo la respiración mientras se preparaba para volver a ver a Jordan. Era miércoles por la tarde y la hora de la sesión de rehabilitación. Tendría que hacer lo imposible por conseguir el equilibrio entre comportarse como una profesional y tener una conversación sincera para dejar atrás lo sucedido el sábado anterior.

Si sus respectivas familias se olían la situación, que había algo más que el hecho de que Jordan le hubiera prestado el coche, sería como si estallase un barril de pólvora.

Debía dejar claras a Jordan las posibles reper-cusiones, si aún no las había entendido, así como decirle que olvidase lo sucedido ocho años antes. Todo eso en la hora que duraría la sesión.

Puso los ojos en blanco. Podía hacerlo. No sería muy difícil, ya que se trataba de un tipo que las ama-ba y las abandonaba, que lanzaba el equipaje por la borda y se tiraba en paracaídas. Seguro que no ten-dría problemas para que lo sucedido siguiera oculto.

Pero el ramo de flores que le había llegado el día anterior de parte de Jordan le hacía pensar que iba a tener que esforzarse.

Y, por desgracia, seguía conduciendo su coche, aspirando su aroma y tocando sus pertenencias. Se decía que por eso no podía quitárselo de la cabeza. Su coche seguía en el taller, y había tenido que hacer largas llamadas a la compañía de seguros.

Al detenerse en la sala de tratamiento, vio a Jordan apoyado en la camilla. Como ya no necesitaba las muletas, su aspecto era aún más imponente.

Llevaba vaqueros y una camiseta. Era increíble lo bien que le sentaban los vaqueros. Y la miraba como si ella fuera su helado preferido.

Los recuerdos la asaltaron. Se le aceleró el pulso y tuvo que contenerse para no lanzarse a sus brazos y retomarlo donde lo habían dejado. Aquello iba a ser más difícil de lo que pensaba.

—Hola, bonita.

—Estamos aquí para la sesión de rehabilitación —dejó la tablilla. Actuar de forma profesional la ayudaba a estar serena. Iba a hablarle de la noche del sábado, que no debía volver a repetirse, pero no inmediatamente.

Él la miró a los ojos.

—Después de que te fueras, te eché de menos.

Intento vano el de tratar de llevarlo en otra dirección.

—Pues aquí estoy.

—¿Qué tal te va con mi coche?

—Bien —y ese era el problema. Los cuatro días anteriores le había parecido que él la envolvía.

Él la tomó de la mano por sorpresa y le acarició el dorso con el pulgar.

Ella tragó saliva.

—Lo que sucedió en el ático se queda allí.

Él se detuvo y la miró.

Ella se vio soñando despierta con sus ojos verdes. Abandonó ese pensamiento y se atuvo al guion que se había preparado.

–Lo que sucedió nos lo llevaremos a la tumba.

–¿El accidente de coche?

–Sabes a lo que me refiero –apartó la mano de la de él, porque el contacto físico era innecesario–. Y no me mandes flores como hiciste ayer –un precioso ramo de azucenas y milenrama.

–¿Otros te han mandado esa clase de flores?

–No, eres el primero –la mayoría de los hombres iban a lo fácil: rosas, claveles… Pero no quería darle puntos por ser imaginativo–. Eran preciosas, pero me alegro de que no me las mandaras al trabajo.

Jordan le guiñó el ojo.

–No voy a desenmascararte.

–Ya. Borra la noche del sábado de tu cerebro, como si no hubiera ocurrido.

Jordan parecía estarse divirtiendo.

–Me estás pidiendo que retrase el reloj. No creo que pueda olvidar la suavidad de tu piel, haberte tenido en mis brazos y tu forma de reaccionar a mis caricias.

Ella no hizo caso de la leve excitación que se desprendía de sus palabras.

–¿En serio? ¿Lo olvidaste hace ocho años pero no puedes olvidarlo ahora?

–¡Ay!

Ella se cruzó de brazos.

–Eso guárdatelo para cuando tengas que doblar la rodilla.

Jordan se puso serio.

–Siento haberme portado como un idiota cuando nos conocimos.

Sera parpadeó porque no se esperaba una disculpa. De todos modos, no quería que pensara que le importaba tanto, así que agitó la mano para quitarle importancia.

–Por favor, solo te lo mencioné porque me molestaba tu forma de jugar.

Jordan sonrió.

–La verdad es que me he acostumbrado a reírme de la atención de mis seguidores o a dejarles que se rocen brevemente con la fama.

–¿Y eso era lo que estabas haciendo con Danica en el Puck & Shoot?

–Como te he dicho, es fácil recurrir a maniobras seguras.

–Así que hace ocho años, ¿yo podía haber sido otra de tus admiradoras que se había lanzado a tus brazos? –insistió ella.

–Bueno, puede que eso me lo haya hecho decir mi ego.

–Exactamente.

Jordan levantó las manos.

–Oye, que solo intento ser sincero, a pesar de que no pueda corregir el pasado.

Sera suspiró. Porque, en efecto, lo había considerado un idiota, pero él le estaba haciendo ver las cosas de otra manera. ¿Y no sería mejor que aceptara la explicación y dejaran el tema para poder seguir adelante, como ella quería?

–Entonces, ¿qué vamos a hacer? –preguntó él, que parecía haberle adivinado el pensamiento.

Ella le dedicó una sonrisa radiante.

—Vamos a hacer la rehabilitación.

Él la miró pensativo durante unos segundos, pero ella se mantuvo firme.

—Si eso es lo que quieres —dijo él.

Buscando una distracción, Sera agarró la tablilla y consultó los papeles, como si necesitara recordar su historial y los detalles no estuvieran grabados en su memoria. Al igual que la noche del sábado anterior.

No obstante, en la quinta página, algo que había pasado por alto atrajo su atención. En la pregunta sobre si había estado hospitalizado anteriormente, Jordan había marcado el «sí» y había añadido, en broma, «demasiadas veces para enumerarlas».

Ella lo miró.

—¿Así que no es la primera vez que te han operado?

—¿Tú qué crees? Soy atleta profesional.

—Creo que estás muy familiarizado con los médicos, a pesar de que yo sea tu primera fisioterapeuta.

Él esbozó una leve sonrisa.

—Lleva dando problemas a mi madre literalmente desde el primer día. Al nacer sufrí un colapso pulmonar. Tuve problemas respiratorios porque aspiré meconio.

Ella se quedó sorprendida, ya que esa información no cuadraba con la imagen de hombre invencible que tenía de Jordan Serenghetti.

—Y para colmo —él comenzó a contar con los dedos— un brazo roto a los ocho años, neumonía a los diez o a los once y apendicitis a los catorce.

También estuve muchas veces en urgencias por pequeños problemas como una infección de oído o un esguince de muñeca.

—Maravilloso.

—Memorable. Puedes preguntar al personal del hospital infantil.

—Seguro que lo fue para ellos y para ti.

Él sonrió.

Sera notó que se ablandaba y carraspeó.

—Vamos a trabajar.

Fueron al gimnasio, donde se dedicaron a normalizarle el paso y a aumentar la fuerza de la rodilla con distintos ejercicios. Más de un mes después de la operación, estaba recuperando la movilidad.

—¿Qué tal estoy? ¿Crees que podré reincorporarme al equipo en otoño?

Sera ladeó la cabeza e hizo una pausa, porque sabía que la respuesta le importaba, y mucho.

—Eso se lo tienes que preguntar al médico. Te estás recuperando bien, pero siempre puede haber factores impredecibles después de una operación. Y tú esperas que la rodilla trabaje al nivel de un jugador de hockey profesional.

—La terapia regenerativa con plasma rico en plaquetas que lleva a cabo el médico también me está ayudando.

—Muy bien. Las inyecciones pueden acelerar la recuperación. Lo acabarás consiguiendo. ¿Importa cuándo? Lo que no debes hacer es agravar la lesión o facilitar otra rotura de ligamentos por volver demasiado pronto a la pista de hielo.

—Tengo contratos publicitarios que debo negociar, y debo renovar mi contrato con los Razors dentro de pocos meses. Hay mucho en juego.

Hablaba de presión. No solo Dante necesitaba que Jordan volviera a jugar, sino otros también. Para una estrella como Jordan, su contrato y la publicidad debían de serlo todo.

Sera había oído comentarios sobre las lucrativas inversiones de Jordan en distintos negocios, pero estaba segura de que planeaba seguir jugando al hockey.

—Gracias por contármelo.

Entre las cuatro paredes de Astra Therapeutics, casi se había olvidado de la vida tan diferente que llevaban ambos. En la de él eran fundamentales el dinero y la fama. Estaba en la cumbre del deporte profesional.

—Ven a cenar conmigo —propuso él— y te lo acabaré de contar. Hay un sitio nuevo en la ciudad que quiero conocer —se encogió de hombros—. Pero la lesión me lo ha impedido.

—¿Otro bar para amantes del hockey? Angus se va a poner celoso —se burló ella, antes de ponerse seria, porque quería hacerse entender con claridad—. Recuerda que no va a ser una cita. La noche del sábado no va a repetirse nunca más.

—No será una cita, sino una cena entre amigos. Y no, estoy pensando en un sitio más elegante.

Ella volvió a recordar la noche del sábado. No había dejado de sentir sus manos acariciándola. No podía seguir por ahí. Tenía que guardar esa noche en una caja y sellarla. Respiró hondo.

—Ni siquiera somos amigos, ¿no?

–Muy bien, una cena entre parientes políticos –respondió él, pero el brillo de sus ojos indicaba que ella aún no había rechazado la invitación.

–No tenemos nada de que hablar.

–Claro que sí –consultó el reloj–. Hemos hablado durante la sesión. El tiempo vuela.

Ella alzó la cabeza. ¿Serían todos los Serenghetti así de obstinados?

–Tenemos mucho que contarnos. Las últimas noticias de la familia, por ejemplo –dijo él, volviendo a contar con los dedos–. Y tu aversión al hockey y cautela ante los hombres.

Ante él.

–No tengo nada en contra del hockey.

–¿Y de los hombres?

Ella suspiró.

–No soy alérgica a ellos. Supongo que el sábado por la noche te lo habrá dejado claro.

–Sí –dijo él sonriendo.

Ella volvió a respirar hondo.

–Es evidente que la fisioterapia no es la única terapia que necesitas. Tendrías que seguir una de *mindfulness* porque debes aprender a vivir en el presente y dejar de volver al pasado.

–Yo vivo el momento. ¿No eres tú la que no dejas de revivir el pasado?

Volvían a lo mismo. De todos modos, sabía que Jordan trataba de adivinar si había algo más que el beso en la playa. Pero era imposible que supiera nada sobre Neil.

–Quiero demostrarte que te equivocas conmigo.

Lo miró recelosa y con curiosidad a la vez.

–¿Por qué?

–Eres inteligente y divertida. Una persona que se esfuerza mucho y que se pagó sus estudios soportando a listillos como yo en el Puck & Shoot. Y te preocupas por los demás, ya que has elegido una profesión que cambia la vida de las personas.

Ella comenzó a derretirse.

–¿Listillos? ¿Qué tal calaveras superficiales?

Él se inclinó hacia delante y le lanzó una mirada penetrante.

–Sé la reputación que tengo, pero la otra noche fue especial. Nunca había experimentado una conexión tan rápida con una mujer. Eres un ángel y una sabelotodo. Eres única.

¿Cuántas veces había querido ella ser especial y que la valoraran por sí misma? Sobre todo, no quería que creyeran que necesitaba protección, que era lo que pensaba su familia. Sin embargo, debía actuar en las sesiones de forma profesional. Debía pensar en su reputación como trabajadora, aunque a Bernice, su jefa, le gustaran los chicos guapos.

–Soy terapeuta y tú eres mi paciente. Nuestra relación debe ser profesional.

–Y lo es. He hecho los deberes que me has puesto en casa.

Él era insistente y tenía respuesta para todo.

–Me han dicho que boxeas. Te pediría que nos viéramos en el gimnasio de boxeo Jimmy's para golpear el saco de arena juntos, pero –indicó su rodilla con un gesto de la cabeza– dudo que pueda hacer ese ejercicio.

–Vamos a dejarlo para otro momento –dijo ella

antes de mirar el reloj de pared–. Voy a llegar tarde a mi siguiente cita.

Jordan la miró como si pudiera ver en su interior.

Ella deseó poder dejar para otro momento las sesiones de rehabilitación. Si Jordan seguía con aquella ofensiva encantadora, le iba a resultar difícil continuar defendiéndose de él.

En la siguiente sesión, el miércoles por la tarde, mientras esperaba a que llegara Sera, Jordan ya se había dado cuenta de que necesitaba un plan B. El problema era que, con respecto a las mujeres, tan pocas veces necesitaba una estrategia de apoyo que ni siquiera estaba seguro de lo que era un plan B.

Desde aquella fatídica noche de sábado, no podía dejar de pensar en Sera. Su aroma lo perseguía, su piel lo martirizaba y su sabor lo hacía desear más. A veces, tener buena memoria era una maldición. Ocho años antes debía de ser un ignorante.

Un acercamiento directo, la invitación a cenar, no había dado resultado con ella. Debía endulzarle la propuesta. ¿Cómo? ¿No podrían Marisa y Cole invitar a la familia para celebrar algo relacionado con el bebé, como que durmiera por las noches sin despertarse? Había sopesado las opciones, se había devanado los sesos en casa durante las interminables repeticiones de los ejercicios de rehabilitación, cuando lo único en lo que pensaba era en ella, y para lo que se le había ocurrido debía recurrir a su madre. Necesitar la ayuda de su madre para conseguir una cita era lo más bajo que uno podía caer. Francamente, era embarazoso.

Sera entró en la sala de tratamiento en actitud profesional, pero su aspecto era delicioso. Ninguna otra mujer había reaccionado ante él como ella.

—Gracias por dejar las llaves del coche al conserje del edificio –dijo él.

—Te agradezco de nuevo que me prestaras el coche. El mío ya ha salido del taller.

—Enhorabuena. Creí que encontraría algo que te hubieras dejado después de usarlo: unas gafas de sol, una barra de cacao, o al menos tu aroma en la tapicería.

—No he podido en tan pocos días –contestó ella con voz deliberadamente inexpresiva–. Tu huella ha sido difícil de borrar.

Ella dejó la tableta que había llevado a la sesión, en vez de los papeles de las anteriores.

—Tengo que pedirte algo –dijo el.

—Te daré puntos por ser directo.

Jordan rio mientras se apoyaba en la camilla. Si ella quería fingir que no se había producido aquel encuentro entre ellos, él estaba dispuesto a utilizar las pocas cartas de que disponía.

—Me gustaría que salieras en el programa de cocina de mi madre.

Sera lo miró con los ojos como platos.

—¿Qué? ¿No lo dirás en serio?

Él se encogió de hombros.

—Considéralo una forma de agradecerme que te haya prestado el coche.

–Muy listo –respiró hondo–. Aunque Marisa haya salido una vez en el programa, eso no es para mí. He visto el programa varias veces, y me gusta, pero solo como espectadora.

–El canal de televisión ha cambiado de director. A mamá le preocupa que eliminen su programa, por lo que quiere causar buena impresión. Y yo trato de ayudarla aportando ideas.

–¿Por qué no lo hace en Internet? Puede convertirse en viral –Sera lo contempló pensativa–. De todos modos, está bien que quieras ayudarla. ¿Estás seguro de que quieres que salga en el programa? Quién sabe lo que podría contar a tu madre.

–Esa es la cuestión. Estarás en el programa, así que me comportaré de la mejor forma posible porque me estarás haciendo un favor.

–Has pensado en todo –afirmó ella en tono seco.

–Y será un buen programa –insistió él–. Justo lo que mi madre necesita en estos momentos.

–¿Cómo sabes que soy la persona adecuada? Puede que queme la comida.

–Venga ya, traes platos preparados en casa a la clínica y tus compañeros alaban como cocinas.

–Recuérdame que les diga que no sean tan bocazas –refunfuñó Sera, a pesar de que se sentía halagada.

Jordan chasqueó los dedos.

–Podrías enseñarme a cocinar. El programa aún no tiene formato, pero al público le encantaría ver a un jugador de hockey abrirse camino en la cocina.

–No tendrías ni que actuar, eso seguro. Pero tu madre puede enseñarte en el programa –Sera frunció el ceño–. ¿Por qué no lo ha hecho?

–Cuando alguien como ella está en casa, ¿por qué va a dejar que otro enrede en la cocina? Además, yo siempre estaba entrenando. Lo único que me preparaba yo era el desayuno.

Ella sonrió dulcemente.

–Jordan...

–Me gusta que pronuncies mi nombre tanto como que lleves el cabello suelto –en vez de la cola de caballo habitual, se había soltado el cabello. A pesar del uniforme que llevaba, estaba seductora. Él reprimió el deseo de acariciarla.

Ella levantó la mano y él cambió de expresión.

–De acuerdo. Me voy a portar bien.

–Como si pudieras.

–Lo intento. Y que salieras en el programa me ayudaría a hacerlo.

Ella suspiró, exasperada.

–Vamos a empezar con los ejercicios para hoy.

–¿Eso es un sí? ¿Vas a hacerlo?

–Depende.

–¿De qué?

–De cómo te portes. Por suerte, ya estamos en la segunda fase de la rehabilitación.

–Estupendo. Así que me estás rehabilitando la rodilla y mis costumbres de playboy. Estoy impresionado.

–No he aceptado. Hoy vamos a centrarnos en mejorar la fuerza y el equilibrio.

Resultó que los ejercicios que le propuso ella en

el gimnasio ya los conocía por los entrenamientos previos a la lesión. No tuvo problemas con las sentadillas, las extensiones de glúteos ni los ejercicios de resistencia. Sera le fue corrigiendo la postura y la alineación del cuerpo.

Jordan se concentró en los ejercicios. Normalmente se le daba muy bien, pero con Sera al lado, le fallaba la concentración, ya que sus pensamientos iban de la carnosidad de sus labios a la suavidad de su piel, pasando por el placer de un roce ocasional.

—Buscamos la simetría entre la pierna derecha y la izquierda al andar —dijo ella.

Y él buscaba que aceptara su propuesta, así que hizo lo posible por complacerla. Al final de la sesión, no pudo evitar preguntarle:

—¿Cómo lo he hecho?

—Muy bien.

Él le guiño el ojo.

—¿Y el premio es…?

—Hablaré con el agente que organiza mis apariciones en público y te diré algo.

Él se echó a reír. Estaba dispuesto a anotarse una victoria con todo aquello que no fuera una negativa tajante.

Capítulo Ocho

A veces era agradable ponerse al día con los compañeros de equipo. Marc Bellini y Vince Tedeschi vivían en las afueras de Springfield, donde se hallaba el cuartel general de los Razors, por lo que, incluso fuera de temporada, podían ir juntos a tomarse una cerveza al Puck & Shoot o a comer, como estaban haciendo ese día en otro de lo sitios que solían frecuentar, el MacDougal's Steakhouse.

Pero ese día, Jordan les había pedido que se vieran por un motivo concreto.

—Necesito que me ayudéis.

Se le había ocurrido la idea de un concurso de cocina entre jugadores de hockey de la zona, con Sera como juez. A su madre le había encantado. Lo único que le hacía falta era reclutar a un par de sus compañeros de equipo. Seguro que tendrían tiempo, ya que estaban fuera de temporada y no les vendría mal algo de publicidad.

—¿Cuándo no necesitas nuestra ayuda? —bromeó Mark agarrando la última patata frita—. ¿Necesitas consejo sobre mujeres? Aquí me tienes.

Si había alguien que lo superara en el terreno de los listillos, ese era Marc.

—Vince también tiene que participar.

El portero de los Razors levantó las manos.

–No contéis conmigo para nada de lo que se os ocurra.

–Vince, si se trata de mujeres, te vendría bien toda la ayuda que puedas recibir –le espetó Marc.

Jordan estaba de acuerdo. Vince Tedeschi era un tipo grande, fuerte y taciturno. Era la roca del equipo, pero dejaba que la fama se la llevaran los demás.

–Eres perfecto para esto, Vince –dijo Jordan.

–¿Qué es? –preguntó el portero con recelo.

–Que Mark y tú cocinéis en el programa de cocina que hace mi madre en televisión.

Vince gimió.

–Oye, que estás acostumbrado a salir en televisión.

–Pero no cocinando, hombre.

–Impresionará a las señoras.

Vince frunció el ceño.

–¿Cuál es la media de edad de la audiencia de *Sabores de Italia con Camilla Serenghetti*? Mi abuela lo ve.

Marc lanzó un bufido.

–Tú mismo te has respondido.

–No seréis los únicos que saldréis en el programa.

Marc pareció interesado.

–Mi fisioterapeuta será la que juzgue los platos cocinados.

Marc soltó una carcajada.

–Estupendo. Así podré darte un golpe en el trasero en la televisión.

–Sí, considérala una oportunidad de oro –dijo Jordan en tono seco.

A Mark le gustaba gastar bromas de vez en cuando, y a Jordan le habían dado en el trasero con un palo de hockey más de una vez.

–¿También has convencido a tu fisioterapeuta? –Vince parecía perplejo.

–Serafina Perini –contestó Jordan–. Somos parientes políticos.

–No me digas.

–Es prima de la esposa de Cole.

–¡Caray! –exclamó Vince.

–Un momento –dijo Marc levantando la mano–. ¿Esa Serafina tiene menos de ochenta años?

–Sí –respondió Jordan con los labios apretados.

–Y es soltera.

–Sí –a Jordan no le gustaba el camino que estaba tomando la conversación.

–¿Es atractiva?

Jordan entrecerró los ojos.

–Parece que es una mujer que merece la pena conocer –observó Marc frotándose la barbilla.

Jordan sintió el deseo de darle un puñetazo. No había podido dejar de pensar en Sera desde la noche en que habían estado juntos. Cuando estaba a su lado experimentaba una euforia que solo sentía en la pista de hielo. Estaba deseando volver a verla, tocarla y discutir con ella.

–Un momento, un momento. El nombre de Serafina Perini me suena. ¿No es la despampanante rubia ceniza que llevaba un vestido de satén en la boda sorpresa de Cole y Marisa?

En opinión de Jordan, la estupenda memoria de Marc a veces era un verdadero fastidio. Pensó que no volvería a invitar al defensa de los Razors a ninguna otra boda.

–Su cabello es del color de la miel.

–Te fijaste en ella –Marc esbozó una sonrisa cómplice y triunfal.

–No, solo te corrijo.

–Oye, ¿es la misma Serafina que trabajaba de camarera en el Puck & Shoot? –preguntó Vince–. La mujer con la que intentabas ligar la última vez que estuvimos allí se refirió a ella con ese nombre, que no es habitual.

Jordan reprimió una mueca.

–No estaba intentando ligar con Danica. Fue ella la que se me acercó, y yo fui educado.

–«Educado» no es precisamente el adjetivo que a uno se le ocurre –bromeó Marc.

–Muy gracioso.

–Serafina no pareció tratarte con mucha cordialidad en el Puck & Shoot –observó Vince.

Jordan examinó a sus compañeros de equipo. ¿Desde cuándo el portero de los Razors se había convertido en un astuto observador de la interacción humana?

–Entonces, ¿vais a participar en el programa, chicos?

Marc parecía divertirse y no estar dispuesto a dejar de hacerlo.

–¿Así que Serafina es tu pariente político, tu fisioterapeuta y camarera en el Puck & Shoot, a quien debería haber reconocido por la boda de tu hermano, a pesar de que iba arreglada, y una invitada especial del programa de tu madre? Parece que estás más relacionado con ella que con ninguna otra mujer.

Jordan se encogió de hombros y adoptó un tono aburrido.

—Sera cocina, y a mamá le cae bien desde que su prima se casó con Cole.

Marc miró a Vince como si quisiera soltar una carcajada.

—Bueno, si a tu madre le cae bien, no hay más que hablar.

—No exactamente. Tenéis que darle algo de suspense al programa.

—¿No de romance? —Marc adoptó una expresión de exagerada sorpresa.

—Es un concurso de cocina.

—Y esa fisioterapeuta tuya, rubia como la miel, ¿quería salir en televisión? —bromeó Marc.

—No, y no le gustan los jugadores de hockey —lo quería dejar muy claro.

—¿Eso significa que has fracasado con ella? El legendario encanto de Jordan Serenghetti no ha funcionado.

—No lo he intentado —no había intentado acostarse con ella. Aún…

—Eso tengo que verlo —apunto Marc.

—Si participáis en el programa, os demostraré que puedo hacer que Sera se derrita —una motivación añadida sería buena para Marc.

El defensa volvió a reírse.

—Chicos… dijo Vince en tono de advertencia.

—De acuerdo —Marc asintió con los ojos brillantes—. Se lo diré a mi agente. Creo que no vas a ganar.

–No estés tan seguro.

–Y cuando pierdas –insistió Marc–, ¿qué obtendré?

–La satisfacción de saber que he fracasado.

Marc volvió a reír.

–Voy a ser magnánimo. Cumpliré mi parte del trato, aunque tú no hayas cumplido el tuyo para cuando se grabe el programa.

–¡Cuánta bondad por tu parte! –comentó Jordan en tono seco.

Vince se removió en el asiento y masculló:

–Esto me da mala espina.

–Tú no participas en la apuesta, Vince –dijo Jordan–. En lo que a ti respecta, no has visto ni oído nada. Hazme el favor de acudir al programa. Y si cocinas mejor que Marc, será una ventaja añadida.

Sera no se creía que hubiera aceptado. Pero allí estaba, en el despacho de Camilla, mirando a Jordan y esperando para grabar el programa. Habían hecho todo el papeleo con los productores y se habían reunido con la madre de Jordan. Camilla Serenghetti estaba, como siempre, llena de energía.

Por consejo de Jordan, Sera llevaba un jersey y unos pantalones, que pronto taparía un delantal. Se había puesto unas delicadas joyas y se había peinado y maquillado ella misma, aunque se figuraba que el personal del programa le haría algún retoque.

Camilla estaba en el estudio hablando con los productores, a la espera de que llegaran los otros invitados y los espectadores para comenzar a grabar. Después de que Sera hubiera accedido a intervenir en el programa, pensando en Dante, Camilla y en el favor que le debía a Jordan, este la había informado de que sería un concurso de cocina en el que participarían dos compañeros de su equipo y él mismo, y ella sería el jurado. Ya era tarde para echarse atrás.

De todos modos, presentaba una actitud desenvuelta y profesional. Y se sentía sexy ante la mirada de Jordan. Debía olvidarse de aquella noche, a pesar de que, cuando estaban juntos, tenía que reprimir el deseo de tocarlo, de volver a sus brazos y... «No, no, no», se dijo. Pero su magnetismo era tan intenso que tiraba de ella como si fuera una fuerza tangible.

Se fijó en una foto de Jordan y sus hermanos cuando eran más jóvenes que había en el poyete de la ventana. La agarró y le preguntó:

—¿Este eres tú a los diez años, más o menos?

—No, a los doce. Escondo la foto cada vez que vengo al despacho de mi madre, pero ella la sigue sacando —hizo una pausa y añadió—: Tardé en desarrollarme.

Sera no desaprovechó la ocasión de meterse con él. Sonrió.

—Es decir, ¿fuiste un niño subdesarrollado, pequeño y escuálido?

—¿Directa a la yugular con los tres adjetivos? ¿Y si lo dejamos en «pequeño»?

—Vaya, así que tardaste en adoptar tus hábitos de seductor.

–¿Y qué tal funcionan? –preguntó él sonriendo.

Ella se contuvo para no recordarle que iba a portarse de la mejor manera posible ese día. Todavía estaba asimilando lo que le acababa de decir sobre él. Había supuesto que… bueno, no lo sabía… que él ya era encantador en el vientre materno. Parecía que se había equivocado.

–¿Llevaste aparato en los dientes? –preguntó al tiempo que dejaba la foto.

–Sí.

–¿Gafas?

–Durante un tiempo, hasta que me operaron.

–¿Tuviste acné?

–Tuve algunas de las imperfecciones propias de la adolescencia.

–¿Te operaste de la nariz?

–No exageres. Las operaciones cosméticas se las dejo a las modelos y a las estrellas de Hollywood.

Al recordarle la clase de mujeres con la que salía, ella se cruzó de brazos. Ya habían vuelto a un terreno cómodo. Él había tardado en empezar, pero lo había hecho con ganas.

–¿Estás recuperando el tiempo perdido estos días?

–No te me pongas en plan psicóloga.

Ella no iba a echarse atrás. Se divertía. Señaló la foto con un gesto de la cabeza.

–¿Cuántas de las mujeres con las que has salido la han visto?

–Ninguna, afortunadamente. Ninguna ha estado en el despacho de mamá. Pero la revista *WE* hizo una serie de artículos sobre personas famosas antes de serlo, y desenterraron un viejo periódico de Welsdale en el que aparecía con el equipo en una foto de la liga juvenil.

–Sería horrible –bromeó ella.

–Lo superé. Mi imagen pública no se resintió.

–¿Siguió en su lugar el personaje tan concienzudamente creado?

–Por suerte para mis contratos publicitarios. La imagen lo es todo.

–Acabo de darme cuenta…

–¿De qué?

–De que tienes una fijación con los médicos, las enfermeras, los terapeutas…, con todos los que trabajan en el campo de la salud, a causa de tu enfermiza infancia.

–¿Me estás diciendo que me siento atraído por ti porque eres fisioterapeuta?

–Exacto –concluyó ella en tono triunfal, levemente excitada porque le había dicho que la deseaba.

–¿Cuánta psicología has estudiado?

–Algunos cursos, pero eso es irrelevante.

–Ya. Aquí va otra teoría. Me gustan las mujeres rubias. ¿Lo ves? Mi teoría posee el encanto de la sencillez.

–No me tomas en serio.

–¿No vas a decirme que mi atracción por las rubias deriva del periodo inmediatamente posterior a mi nacimiento, cuando en el hospital me colocaron al lado de bebés con cabello claro?

Sera se contuvo para no poner los ojos en blanco.

–Eres tú la que ha empezado. De todos modos,

¿acaso importa? Estás aquí, a punto de salir en televisión…

–No me lo recuerdes.

– …y que me guste tu uniforme de fisioterapeuta, o que me gusten las mujeres con una bonita cola de caballo rubia, carece de importancia.

Sera reconoció contra su voluntad que tenía razón.

–¿Por qué te gusto? No debería gustarte. No somos buenos el uno para el otro. Somos familia política.

–Tal vez sea el aspecto prohibido lo que nos atrae.

–Tal vez en tu caso.

–De acuerdo, en mi caso –consultó su reloj–. Ah, tengo que advertirte, antes de que empecemos, de que mi padre estará entre los espectadores. Le hace ilusión salir en televisión.

–¿No sabe que cabe la posibilidad de que anulen el programa de tu madre?

Jordan negó con la cabeza.

–Después de su aparición estelar, cree que puede mejorar el programa convirtiéndose en un elemento básico del mismo.

–¿Y por qué no va a hacerlo? Es el único de la familia que no sale en televisión de modo habitual.

Cole y Jordan habían salido en los partidos televisados y en las entrevistas posteriores. Su hermano Rick trabajaba de especialista en películas americanas y estaba casado con una actriz. Su hermana menor hacía desfiles de moda que se televisaban. Y Camilla tenía su propio programa. Sera entendía por qué Serg se sentía excluido de la atención del público. No solo se enfrentaba a las consecuencias del derrame cerebral sufrido, sino también al hecho de no aparecer bajo los focos con el resto de la familia. Como terapeuta, había visto la misma frustración en muchos pacientes, y la entendía.

–Si quiere salir en televisión, debería dedicarse a los anuncios relacionados con la industria de la construcción –masculló Jordan.

–¿Por qué no lo hace?

–Porque ahora cree que es sumiller.

Sera estuvo a punto de echarse a reír.

–¿Un experto en vinos?

–Exactamente. Y adivina en qué programa cree que sería el invitado habitual perfecto.

–Ah.

–Eso es.

–Tu padre quiere que lo comprendan.

–Es duro como una piedra –Jordan bufó.

–¿Me dices esto porque es probable que se levante de un salto de su asiento y grite algo en medio del programa?

–Ahora no puede levantarse de un salto de ningún sitio. Y solo grita para decirme que estoy haciendo algo mal.

–¿Lo hace también en los partidos de hockey? –preguntó Sera, divertida.

–Si lo hace, pasa desapercibido en medio de la gradas. De todos modos, lo que quiero decir es que puede que intente tomar parte en el programa de alguna forma, y no quiero que te sorprenda nada…inesperado.

–¿Qué opina tu madre al respecto?

–Lo que opinaría una persona que sostiene a la familia y tiene un hijo difícil.

Sera rio.

–De repente, es ella la estrella y él está en segundo plano. Aunque no creo que mi padre lo reconozca, es así como se siente.

–Debe de haber una solución.

Jordan se encogió de hombros.

–Si la hay, no se me ocurre cuál puede ser.

En ese momento, uno de los productores entró en el despacho para que fueran al estudio.

–¿Lista? –preguntó Jordan mirándola a los ojos.

Ella se encogió de hombros.

–Sí.

¡Que empezara el espectáculo!

Capítulo Nueve

Se suponía que Sera tenía por norma no tener una relación con un jugador. Pero Jordan estaba muy guapo y atractivo con el delantal. Estaba dispuesto a hacer el ridículo bajo los brillantes focos del estudio de televisión, por el bien de su madre.

Sera se reprochó ese pensamiento traicionero. Lo único que ella debía hacer era devolverle su excelente forma física para beneficiar a Dante, su equipo y sus patrocinadores. Nada más.

—¡Hola, Sera! —Marisa la saludó al entrar en el estudio con su esposo y buscar asientos libres.

—¿Qué hacéis aquí? —preguntó Sera sorprendida.

—Devolver un favor —contestó Cole mirando a Jordan.

—¿Qué favor? —preguntó Sera. No le había mencionado a su prima que iba a salir en el programa, lo que implicaba que… Miró a Jordan, que había adoptado una expresión insulsa.

Cole lanzó a su hermano una mirada sardónica.

—Jordan nos ayudó con sus chistes cuando Marisa y yo estuvimos invitados al programa de mamá, antes de casarnos.

—Íbamos a traer a Dahlia —dijo Marisa— pero pensamos que era demasiado pequeña para…

–... ver cómo otros superan en habilidad a su tío Jordan –concluyó Cole riéndose.

–Te agradezco el voto de confianza –apuntó Jordan.

–Me vengo, hermanito.

–Gracias a que mamá sigue con el programa, tienes oportunidad de hacerlo –refunfuñó Jordan.

En ese momento, Serg Serenghetti entró en el estudio charlando con uno de los productores.

–Perdonad, pero voy a ayudar a papá a buscar asiento –dijo Cole.

Jordan lo observó alejarse y se encogió de hombros.

Llegaron más miembros de la familia: Rick y Chiara, seguidos de Mia, la hermana de Jordan. Aunque Chiara llevaba gafas de sol y una gorra de béisbol para que no reconocieran a la famosa actriz, Sera lo hizo de inmediato.

Se volvió hacia Jordan y le preguntó en tono acusador:

–¿Qué es esto? ¿Una reunión de la familia Serenghetti?

–Me pilla tan de nuevas como a ti –se acercó a su hermano mediano–. ¿Qué hacéis aquí?

–Hemos venido a dar apoyo moral –contestó Rick en tono sardónico.

–¿A quién?

Sera se preguntaba lo mismo. En aquella situación, era difícil saber quién necesitaba más ayuda: ella, Jordan o Camilla, cuyo programa podría estar en el punto de mira de la nueva dirección de la cadena.

Mia Serenghetti se les acercó con una traza de café y el moderno aspecto propio de una diseñadora. Miró a Sera a los ojos.

—Has hecho entrar en vereda a mi hermano pequeño. Buen trabajo.

Sera soltó un bufido. A pesar de sus intenciones, parecía que Jordan y ella llevaran un cartel que dijera: «Conseguid que estos dos se junten». Pero, como todos reían, ella sonrió.

—Gracias, Mia, pero no me dedico a…

—… reformar a chicos malos —Jordan acabó la frase por ella—. Ya lo sabemos.

Mia los miró alternativamente.

—Uno acaba la frase del otro. Qué interesante.

El comentario hizo reír a Rick y Chiara.

—No, no somos interesantes —proclamó Sera— sino muy, muy aburridos.

—Esperemos que no sea verdad, por el bien del programa —contestó Mia.

Por suerte, Sera no tuvo que decir nada más porque el personal del estudio obligó a todo el mundo a ocupar su sitio.

Unos minutos después, Sera esbozó una sonrisa para las cámaras y dijo lo que estaba escrito en el guion.

—Caballeros, enciendan los aparatos.

Los espectadores rieron.

Ella estaba allí, como supuesta experta en cocina, para juzgar las habilidades culinarias de Jordan y de dos de sus compañeros de los Razors, que él había engatusado o chantajeado para que acudieran como concursantes.

Jordan iba a tener problemas. Y ella también. Cuando había accedido a aparecer en el programa, creía que sería algo tranquilo. Debería haberlo pensado mejor, tratándose de los Serenghetti.

–Empecemos por ti, Jordan –dijo Camilla con voz de sargento deteniéndose junto a su mesa.

–Ya sabía que iba a ser el primero, mamá –respondió Jordan guiñando un ojo a la cámara.

Su madre no le hizo caso.

–¿Qué vas a preparar?

–Pasta *alla chitarra* con ragú de caballa, alcaparras, tomates y aceitunas.

Sera se quedó sorprendida.

–Se podría llamar «el plato especial de pasta de Jordan Serenghetti».

Sera enarcó una ceja, ya que Jordan no parecía nervioso ante su ambiciosa receta. Muy bien, que lo intentara. ¿Acaso no sabía que siempre estaba dispuesto a enfrentarse a un desafío?

Marc Bellitti dijo que prepararía unos raviolis con salsa de vodka siguiendo una receta secreta de su familia. Y Vince Tedeschi haría un pollo *alla cacciatore* con mejillones.

–Gracias, Vinny –Sera dedicó una sonrisa de ánimo al portero de los Razors porque parecía el más nervioso de los concursantes.

Jordan frunció el ceño.

–Se llama Vince.

–Me puede llamar como quiera –respondió este sonriendo.

–Parece que aquí el único que puede inventarse nombres es Jordan –afirmó Sera.

–¿Ah, sí? ¿Cómo te llama? –preguntó Mark con interés.

Sera y Jordan se miraron a los ojos durante unos segundos.

Todo el estudio, incluyendo Marisa, Cole y Camilla, estaba pendiente de la respuesta.

–Angel –contestaron ambos al unísono. Y se echaron a reír.

–Me parece que este concurso está amañado –protestó Vince.

–Sí, pero no como crees –apuntó Sera–. No me gusta ese nombre.

–Estupendo. Has neutralizado el famoso encanto de Jordan Serenghetti –intervino Marc.

–Veremos –dijo este en tono seco.

Camilla Serenghetti se acercó a toda prisa.

–Vamos a cocinar.

–Antes de que el programa degenere en una astracanada –añadió Sera.

El programa continuó sin incidencias. Sera reconoció que Jordan se estaba esforzando. No obstante, al final, después de haber probado los tres platos, eligió el pollo *alla cacciatore* de Vince, porque era magnífico. Se explicó ante los espectadores.

–Aunque haya elegido la receta de Vince, la receta de la salsa de Marc es muy buena. Y la de Jordan es original. Ha sido una elección difícil.

–Siempre he dicho que Marc tenía la receta secreta, dentro y fuera de la pista de hielo –bromeó Vince.

–Creí que ese era yo –intervino Jordan.

–Bueno, ya tenemos un ganador –dijo Camilla–, y un perdedor –añadió mirando a su hijo.

–¿Así que Jordan no tiene remedio? –preguntó Vince siguiendo con la broma.

–Puede que Sera quiera dar a mi hijo clases de cocina.

Sera la miró con los ojos como platos. No estaba dispuesta a apuntarse a nada más.

–Señora Serenghetti, yo…

La petición de Camilla era difícil. Y ella ya le había dicho a Jordan que no se dedicaba a reformar a los chicos malos. Pero estaban en televisión, ante una audiencia, y Jordan la contemplaba expectante. Miró a su alrededor en busca de una salida, y al ver a Serg Serenghetti entre los espectadores se le ocurrió una idea.

–Serg, ¿quieres venir a recomendarnos un vino para acompañar el plato ganador?

Lanzó una expresiva mirada a Jordan y Camilla.

–Al fin y al cabo, si el perdedor va a recibir clases de cocina, el ganador deberá recibir alguna clase de reconocimiento.

A Serg se le iluminó el rostro.

–El pollo *alla cacciatore* es un plato interesante –dijo mientras se ponía en pie lentamente–. Tiene una mezcla de sabores que no se debe atenuar.

Cole se levantó para ayudarlo, pero el anciano le apartó la mano.

–Vamos, Serg, seguro que puede recomendarnos algo.

Serg rio.

–Bueno, si insistes…

–Insisto –Sera se estaba divirtiendo. A su lado, Camilla y Jordan se habían quedado de piedra, lo cual no tenía precio. Reprimió la risa. Era probable que Jordan se estuviera preguntando si se había vuelto loca y por qué no hacía caso de lo que le había advertido antes. Pero ella tenía un plan.

Serg aceptó la mano de un productor para subir al escenario y conducirlo adonde estaba Sera.

–El pollo *alla cacciatore* tradicionalmente se hace con vino tinto, pero Vince lo ha cocinado con blanco.

Sera abrió los ojos para subrayar el punto.

–Es evidente que no hubiera ganado si el plato no fuera creativo y delicioso –añadió Serg.

–Desde luego.

–Un chianti clásico es un buen tinto para acompañar la receta tradicional, pero un zinfandel blanco sería muy adecuado para acompañar la versión de Vince.

–Un Serenghetti que sabe de vinos –dijo Sera en tono de aprobación.

–¿Nunca te ha ofrecido una copa de vino mi hijo? –preguntó Serg señalando con el pulgar a Jordan.

Sera se puso colorada y Jordan carraspeó.

–En realidad… Hemos estado juntos en comidas familiares, donde no he tenido la ocasión de ofrecerle nada –explicó Jordan a los espectadores.

–Y me gusta servirme el vino yo misma –añadió Serafina intentando cortar aquella conversación.

Serg se limitó a negar con la cabeza, decepcionado.

Sera condujo la conversación a un terreno más seguro.

–Tienes un don natural para esto.

Serg sonrió de oreja a oreja, mientras Jordan le lanzaba una mirada inquisitiva que decía: «Estás creando un monstruo».

Sin hacer caso a la expresión de Jordan, Sera continuó.

–Tendría que tener su propio programa, señor Serenghetti, no unos minutos robados de otro. Podría grabar piezas sobre vino de la extensión de un anuncio. Incluso se me ha ocurrido un nombre: «Intermedio de vinos con Serg».

Los espectadores aplaudieron.

–*Alla próxima volta* –dijo Camilla dando la señal de cierre–. Hasta la próxima, *buon appetito*.

Las cámaras se apagaron y las miradas de Sera y Jordan se cruzaron.

Él sonrió aliviado.

–Gracias por ofrecer a papá un cameo y por proponerle hacer otra cosa. No me extrañaría que se fuera directamente a casa a urdir un plan.

–De nada –masculló Sera, antes de apartar la vista, llena de confusión por el elogio. No quería sentirse así por causa de Jordan. Incluso era preferible la atracción por el anuncio de una valla publicitaria, un rostro famoso y el cuerpo de un chico malo. La emoción implicaba introducirse en aguas más profundas y peligrosas.

–Si mi padre tiene su propio proyecto, dejará de presionar a mamá. Y, ¿quién sabe? En el futuro puede que ella se sienta lo bastante cómoda como para compartir el programa con él, una vez que ya tenga su propia audiencia. Has tenido una buena idea.

Sera se apartó unos mechones de cabello de la cara con un soplido. ¿Cómo que no había notado el calor que hacía en el estudio, bajo los focos?

–Me gusta que el entretenimiento tenga giros inesperados.

Jordan rio.

–Qué coincidencia. A mí también.

Sus hermanos subieron al escenario en ese momento y Jordan la dejó para dirigirse a ellos.

Unos segundos después, Marisa se le acercó con expresión burlona.

–Sabes que estás metida en un lío, ¿verdad?

–Esperaba que el lío se hubiera solucionado.

Su prima negó con la cabeza.

–No. Toda las mujeres que han estado en este programa cocinando con uno de los Serenghetti se ha acabado casando con él.

A Sera se le contrajo el estómago, pero se esforzó en no demostrar emoción alguna.

–No te preocupes, no hay ninguna posibilidad en este caso.

Había hecho jurar a Jordan que guardaría el secreto y, de todos modos, su reciente relación se hallaba a años luz del camino hacia el altar. Marisa ladeó la cabeza para examinar su expresión.

–¿Estás segura de que no hay nada entre Jordan y tú?

–Por supuesto. Totalmente.

–Pues voy a repetirte lo que me dijiste –respondió Marisa, antes de imitar la voz de Sera: «¿Quiere que salgas en el programa de su madre? Eso va en serio».

–¡Qué buena memoria! –refunfuñó Sera.

Su prima se limitó a sonreír.

Sera reprimió un gemido. Había salido de Guatemala para meterse en Guatepeor.

Sera salió deprisa del Hospital St. Vincent's. Hacía una tarde soleada. Acababa de visitar a uno de sus pacientes, al que habían tenido que volver a operar.

Dos días después de la grabación del programa, todo había vuelto a la normalidad. O eso era al menos lo que se decía a sí misma. No había vuelto a saber nada de Jordan, pero tendría que verlo pronto en la sesión de rehabilitación semanal.

Sabía que su familia se acabaría enterando de su aparición en el programa de Camilla, o lo habría visto, así que lo había presentado como un favor a Jordan y su familia. Dante estaba emocionado.

Sera bajó la vista para meter el móvil en el bolso y, al alzarla, el sol la deslumbró y chocó con un sólido pecho. Unas fuertes manos la sujetaron.

–Tranquila.

Ella vio a la última persona con la que esperaba encontrarse: a Jordan.

–No creí que me fuera a tropezar aquí contigo.

–Vengo de visitar a un paciente. ¿Qué haces tú aquí?

–Trabajo con la Fundación Once Upon Dream. Voy a visitar la planta de pediatría.

Ella no pudo evitar una expresión de sorpresa.

–¿Quieres acompañarme?

Sera miró a su alrededor y se dio cuenta de que estaba solo.

–No suelo traer cámaras en estas visitas. Prefiero que no salgan en los medios. A veces, a los niños les gusta salir en las noticias; otras, se asustan.

–Creo que yo me asustaría por el simple hecho de que Jordan Serenghetti entrara en mi habitación del hospital.

–Entonces –dijo él sonriendo–, ven conmigo para tranquilizar las cosas. Se te da bien rebajarme el ego.

–Tienes razón –contestó ella sonrojándose.

Como ya no tenía tantas ideas negativas sobre él, se estaba volviendo peligroso. Y lo de aquel día era otro golpe en la armadura con la que se protegía: ¿llevaba a cabo una labor solidaria con niños enfermos?

–¿Qué me dices, Angel? ¿Vuelves a entrar?

Ni siquiera la molestó el apodo. Le encantaba que la gente ayudara a las personas necesitadas. Por eso se había hecho fisioterapeuta.

–¿Cómo voy a negarme?

Entró con él en el hospital. Jordan le puso la mano en la espalda para guiarla y ella notó su calor, que la excitó.

Una vez en la planta, las enfermeras sonrieron al ver a Jordan. Mientras se saludaban, Sera se preguntó a cuantos niños enfermos habría visitado.

Una mujer de mediana edad, vestida de uniforme, sacó un palo de hockey de un armario.

–Gracias, Elsie –dijo Jordan dedicándole una deslumbrante sonrisa mientras lo agarraba.

–Para ti, lo que sea, cariño. Mi esposo sabe que soy una de tus seguidoras.

–Vine ayer –explicó Jordan a Sera– pero no era el momento adecuado para hacer visitas. Elsie ha sido muy amable guardándome el palo hasta que volviera.

Unos segundos después, otra enfermera los condujo por el pasillo. Al llegar a una habitación, Sera esperó a que Jordan entrara primero.

Él llamó a la puerta y entró. Inmediatamente, el grupo de adultos que había dentro se puso a gritar, así como el niño que estaba sentado en la cama.

Sera se detuvo en el umbral. Sabía, naturalmente, que Jordan tenía muchos admiradores, pero ver el efecto que producía en la gente era otra historia. Al contemplar al niño, frágil y calvo, sentado en la cama, que no tendría más de doce años, y cómo se le habían iluminado los ojos al ver a Jordan, se sintió conmovida.

Los adultos sonreían y reían.

–Hola, Brian. ¿Cómo estás? –preguntó Jordan en tono desenfadado.

–Número veintiséis –contestó el niño sonriendo–. No me puedo creer que estés aquí.

–Me habías invitado, así que he tenido que venir.

–Sí, pero estás muy ocupado.

–No lo suficiente como para no venir a ver a uno de mis mayores admiradores.

–¿Lo soy?

–Utilizaste tu deseo para hacerme venir.

–Es verdad, pero no creí que fuera a funcionar.

Los adultos rieron, incluyendo dos de ellos que parecían los padres de Brian. Sera notó que los labios le temblaban al sonreír. El maldito Jordan Serenghetti la enfurecía o entristecía. Estar con él era como montar en una montaña rusa.

–Te he traído una cosa –dijo Jordan al niño.

–¿El palo de hockey es para mí?

–Claro. ¿Qué sería un visita sin un recuerdo? Y te lo voy a firmar –se sacó un rotulador del bolsillo y firmó en la parte más ancha. Después se lo entregó a Brian.

–¡Vaya, gracias!

–Espero que te guste.

–¿Crees que volverás a jugar pronto?

–Eso espero –Jordan se volvió para señalar con la cabeza la puerta–. Sera es quien me está ayudando a recuperarme.

–¿Es tu médica?

Ella carraspeó.

–Soy fisioterapeuta. Nos hemos encontrado abajo. Yo salía de ver a uno de mis pacientes y Jordan me ha invitado, muy amablemente, a acompañarlo. Espero que no les importe.

Al acabar de explicarlo, Sera pensó: «No soy su novia. No soy su novia». Menos mal que no había cámaras.

–Brian, vamos a hacerte unas fotos con Jordan –dijo uno de los presentes.

Sera se alegró del cambio de tema.

Jordan se colocó para que les hicieran las fotos.

Después se quedó un cuarto de hora más charlando con el niño y los demás.

Cuando Brian bostezó un par de veces, Jordan y Sera se despidieron. Mientras se encaminaban al ascensor, ella dijo:

–Has sido lo más importante del día para ese niño.

Jordan, repentinamente serio, suspiró.

–A veces es duro. No todos los niños se curan, pero su valor resulta ejemplar.

–Tú los animas.

–Es lo mínimo que puedo hacer, ya que no puedo curarles con fisioterapia.

Sera se ruborizó mientras entraba en el ascensor.

–¿Haces trabajo voluntario porque estuviste enfermo en tu infancia?

–¿Vuelves a utilizar psicología barata conmigo, Angel?

–Solo es una observación basada en pruebas –afirmó ella, mientras las puertas se cerraban.

–De acuerdo, sí.

Cuando salieron del hospital, Sera se volvió hacia él.

–Lo que has hecho hoy está muy bien.

Él sonrió como un niño.

–Así que no soy tan malo.

–No.

–¿Voy progresando?

–Más o menos.

–Bueno.

–No puedo encontrar defectos a alguien que visita a niños enfermos –Sera carraspeó–. Tuve una hermana mayor que murió siendo un bebé.

Jordan se puso serio.

–Murió de un defecto congénito –no sabía por qué se lo estaba contando–. Puede que tu familia estuviera muy pendiente de ti por estar siempre enfermo. La mía lo estuvo, pero por otros motivos.

–Te protegieron en exceso porque sabían lo que era perder a un hijo –dedujo él.

–Exactamente, aunque a mí me costaba comprenderlo en aquella época –no quería entender a Jordan, pero lo hacía cada vez más.

–Mi hermana Mia podría contarte lo que son unos padres sobreprotectores –dijo Jordan con una media sonrisa.

Ella recordó la breve conversación que había tenido con Mia en el estudio de televisión. Después, suspiró al recordar otra cosa de la grabación del programa.

–Espero que tu madre no siga queriendo que te enseñe a cocinar.

Jordan la miró con expresión burlona.

–No te preocupes.

–¡Uf, qué alivio! –entonces, ¿por qué, de repente, se sentía decepcionada?

–He conseguido que te libres diciéndole que te he pedido que vayas a una boda conmigo.

Sera se quedó en blanco.

–Un momento, ¿qué?

–A una boda. Yo huyo de ellas como de la peste…

–Naturalmente.

–… pero debo acudir a esta. Es de un primo, y la familia lo es todo para mi madre.

Eso explicaría por qué toda la familia Serenghetti estaba en la ciudad: Mia, que vivía en Nueva York; y Rick y Chiara, en Los Ángeles. Estaban allí para una boda, además de para dar apoyo moral a Camilla y ser testigos de la química en pantalla del chico malo de la familia con ella.

–Es una maniobra furtiva.

–Ha sido idea de mamá.

–¿Qué?

–Me propuso que te llevara a la boda, en vez de que me dieras clase de cocina. Iba a ir solo.

–Es una buena cómplice –masculló Sera.

Jordan soltó una carcajada.

–Está desesperada.

–¿Por los índices de audiencia o por emparejarte con una mujer que utilice el cerebro?

–Puede que por ambas cosas. Tienes que ir conmigo a la boda. Con esta lesión, no voy a encontrar a nadie que me acompañe.

–Por favor, encontrarías a alguien incluso aunque estuvieras en la cama de un hospital.

–No es para tanto.

–Ahora eres modesto. ¡Qué alentador! ¿Así que soy tu último recurso?

Él adoptó la expresión de un niño pillado con la mano en la caja de galletas.

–Y el primero.

Ella examinó su expresión y solo contempló seriedad en ella. Luego sintió calor.

No quería ser la número uno para Jordan.

Capítulo Diez

El último sitio en el que Sera quería encontrarse era en un acontecimiento social con la familia Serenghetti. Sin embargo, allí se hallaba.

Había estado en las suficientes reuniones familiares en casa de Marisa y Cole, o de Camilla y Serg, para saber que la familia daba la bienvenida a todo el mundo. De hecho, acababa de conocer a una de las primas segundas de Jordan, Gia Serenghetti, así que ya conocía el chiste privado de la familia sobre la rima de las «gemelas» Mia y Gia.

La mansión colonial en las afueras de Springfield era el marco perfecto para una boda en junio. Había decidido ponerse un vestido sin mangas de color verde esmeralda y se había recogido el cabello en una cola de caballo baja con un clip de joyería.

Jordan volvió a mirarla desde el otro lado del césped, donde se hallaba charlando con otros invitados. La mirada de Jordan estaba llena de promesas y posibilidades. Mientras daba un sorbo de champán, Sera casi adivinó lo que pensaba. De todos modos, se sentía una farsante, una impostora. En realidad, no era la novia de Jordan. Ni siquiera salían juntos. Estaba allí para llenar un hueco, para evitar unas clases de cocina que le habían pedido en directo. Y para ayudar a Dante. Nada más.

Jordan y ella no iban a llegar al altar. De todas maneras, se había emocionado durante la ceremonia, y se le habían saltado las lágrimas cuando los novios habían pronunciado los votos. Había sido hermoso.

Para colmo, Marisa no dejaba de lanzarle miradas inquisitivas, como si no supiera cómo interpretar que ella hubiera accedido a aparecer del brazo de Jordan, sobre todo después de haberle jurado que no había ninguna relación sentimental entre ambos. Una cosa era salir en el programa de la madre; otra, una boda familiar. «Eso va en serio». Sera recordó las palabras de su prima.

Jordan se le acercó y ella volvió a observar lo bien que le sentaba el traje hecho a medida. Solo ella era capaz de detectar que sus pasos eran levemente desiguales. Durante las dos semanas anteriores se había mostrado más fuerte y capaz en cada sesión de rehabilitación. Hasta ella se había quedado impresionada por sus progresos, ya que su experiencia le indicaba que podía haber muchos escollos en el proceso de recuperación.

—No debí haber accedido a venir —murmuró ella cuando él se detuvo a su lado.

—Tranquilízate. No es que nos hayan pillado teniendo relaciones sexuales en el armario bajo las escaleras.

—¿Hay un armario debajo de las escaleras? —¿por qué se había excitado? Quería abanicarse, pero dio otro sorbo de champán.

—En todas las viejas mansiones hay uno —contestó él riéndose.

–Es evidente que tu familia ya está especulando sobre nuestra relación. Lo sé por sus miradas, y ni siquiera saben…

–… ¿que ya la hemos iniciado?

Sera asintió al tiempo que se sonrojaba.

–Esto se está complicando.

–No, es muy sencillo: a ti no te caigo bien y yo te deseo intensamente.

–He reconsiderado esa parte –masculló ella.

–¿Qué?

–La parte de que no me caes bien.

–¿Y me lo dices ahora? –bromeó él–. Estamos en una boda, rodeados de unas doscientas personas, algunas de las cuales son familiares míos.

–¿Y de quién es la culpa? ¿No hay un armario bajo las escaleras donde podamos escondernos?

Jordan la miró con tanto deseo que a ella le pareció que se le evaporaba la ropa.

Jordan se inclinó hacia ella y le susurró al oído:

–No estaba pensando precisamente en escondernos.

–Ah –dijo ella sin aliento.

–¿Qué llevas debajo del vestido?

–El sujetador está incorporado al vestido –contestó ella con voz temblorosa.

–Mucho mejor. ¿Tiene solo una cremallera el vestido? Quiero saber lo fácil que sería quitártelo.

–En la espalda. ¿Pero no prefieres buscar y hallar tú mismo la forma de quitármelo?

Jordan dio un trago de champán.

–Podríamos escaparnos.

Aquello era una locura.

–La cena se servirá enseguida –apuntó ella.

–No notarán nuestra ausencia.

–¿Por eso has esperado hasta ahora?, ¿porque desparecer de la ceremonia hubiera llamado la atención? –necesitaba un abanico con urgencia.

–¿Crees que te has salvado por eso?

–Tal vez hayas sido tú el que te hayas salvado –Jordan no quería compromiso alguno, por lo que hubiera sido peligroso para él que lo hubieran descubierto con ella, ni más ni menos, y allí.

–Angel, aún no ha llegado mi salvación. Ahora mismo estoy en el purgatorio.

–Fuiste tú quien me invitó. Estoy segura de que a tus familiares, salvo a tu madre, les ha sorprendido que hayas llegado acompañado.

–Que especulen todo lo que quieran. Ha pasado mucho tiempo.

–¿Desde la última vez que fuiste a una boda?

–Desde que nos besamos y acariciamos –respondió él con brusquedad.

Ella contuvo el aliento.

–No me digas que no lo has pensado –prosiguió Jordan en voz baja–. Que no has fantaseado sobre si la química de esa noche en mi piso fue una casualidad o si realmente estamos tan bien juntos.

Claro que lo había pensado. Se había tenido que esforzar para no bajar la guardia, pero no le había servido de nada. Le costaba recordar por qué él no debería gustarle.

–Lo he hecho, sí. Pero sería una falta de profesionalidad por mi parte…

Jordan se echó a reír.

–… y sería un error –peligroso incluso para su tranquilidad espiritual.

Él le quitó la copa de la mano y la dejó en una mesa cercana, junto a la suya. La tomó de la mano.

–Vamos.

Ella se sobresaltó.

–¿Qué? ¿Dónde? ¿Por qué?

–Se te ha olvidado preguntar «cuándo» y «cómo» –le lanzó una mirada traviesa mientras la conducía a la parte de atrás de la mansión.

–«Cuándo» es ahora y la respuesta a «cómo» es que hay un guardarropa en la planta baja que no se usa porque estamos en verano, y nadie ha traído abrigo. Es mayor que el armario bajo las escaleras.

Sera inspiró de forma audible. De todos modos, la excitación burbujeaba en su interior. Estaban jugando con fuego, pero se sentía viva y en tensión.

Entraron sigilosamente en la casa y, como esperaba Jordan, el guardarropa estaba vacío. Abrió la puerta.

En cuanto llegaron a la pared del fondo, Jordan la besó en la boca.

Por fin. Ella se regocijaba de volver a estar en sus brazos. Había luchado contra su encanto, pero todo, salvo aquel momento, dejó de tener importancia.

Los suspiros de ambos llenaron la habitación al besarse con mayor profundidad. Ella le introdujo los dedos en el cabello, y sus suaves curvas se apretaron contra el duro cuerpo de él.

Olía muy bien y sabía mejor. Su boca era cálida y seductora.

Cuando finalmente se separaron, Jordan le deslizó la boca por la mejilla y la sien, antes de bajar a la oreja, lo que le puso la carne de gallina y la excitó aún más.

—Ese vestido lleva toda la noche volviéndome loco —murmuró él.

—Pues no me lo he puesto para volver a los hombres locos de deseo.

Él rio.

—Lo único que quería era hacer esto —le bajó la cremallera— y desnudarte los maravillosos senos.

Ella se apoyó en la pared mientras la parte superior del vestido se deslizaba hacia abajo. Quería...

Jordan, sin fallar, le proporcionó lo que buscaba, al agarrarle lo senos y acariciarle los pezones con los pulgares.

—Eres tan receptiva, Sera —susurró él en tono reverente.

Ella cambió de postura y se frotó contra su masculinidad. Ambos suspiraron.

Jordan se inclinó para llevarse un seno a la boca, mientras ella le introducía los dedos en el cabello y se entregaba a una oleada de sensaciones que casi la transportaron al paraíso.

De repente, se oyó abrirse una puerta, y Sera se quedó inmóvil, arrancada de una maravillosa ensoñación.

Jordan se enderezó y se separaron a toda prisa.

Sera lo miró en la penumbra y él la atrajo hacia sí al tiempo que le colocaba en sus sitio la parte superior del vestido.

—Shhh —le susurró al oído.

–Volveré a Nueva York el lunes –dijo una voz femenina–. Hablaremos entonces.

Jordan se relajó y la apretó con menos fuerza.

Sera pensó que la voz parecía la de…

–Gracias, Sonia –pareció que buscaba algo en el bolso.

Inmediatamente, se encendió la luz del guardarropa.

–Jordan.

Sera reprimió un gemido. Definitivamente, era la hermana de Jordan.

–Mia.

Mientras seguía abrazado a ella por razones obvias, Sera miró por encima del hombro de Jordan a su hermana, que tenía una expresión divertida.

–Estaba ayudando a Sera con el vestido. Se le ha atascado la cremallera.

–Claro –dijo Mia siguiéndole el juego–. Como diseñadora de moda, lo he visto cientos de veces. Esas malditas cremalleras causan problemas en el momento más inoportuno.

–Justamente –observó Jordan.

–A veces, se baja fácilmente, pero se atasca al subirla, o al revés. ¿Se la estabas subiendo o bajando?

A Sera le ardía el rostro. ¿Podía ser aún más mortificante la situación? Y, por supuesto, tenía que ser uno de los hermanos de Jordan quien hubiera entrado.

–¿Qué haces aquí, Mia? –Jordan pasó a la ofensiva.

–Te podría preguntar lo mismo, hermanito. Yo buscaba un sitio tranquilo para recibir una llama-

134

da y me encaminé en esta dirección al acabar de hablar –Mia enarcó una ceja–. Y supongo que vosotros habéis venido buscando un costurero para arreglar el vestido de Sera.

Esta se llevó las manos a las mejillas.

–No te preocupes –dijo Mia riendo–. No se lo diré a nadie.

Mia les guiñó el ojo, apagó la luz y volvió a dejarlos a oscuras.

Unos segundos después, Sera oyó sus pasos alejándose por el pasillo. Se apoyó en Jordan con un suspiro de alivio, a pesar de no saber cuánto más podría soportar la frustración sexual de ambos.

Jordan la llevó a casa después de la boda. Durante la cena y el baile posterior, habían conseguido no tocarse y reducir el número de mensajes de móvil al mínimo. Pero la tensión había ido en aumento.

Estaban jugando con fuego, lo cual alimentaba la atracción entre ambos.

Se bajaron del coche y se dirigieron al edificio donde vivía ella. Al llegar a la puerta de su piso, Sera le dio las llaves. Se rozaron los dedos y sintió una descarga.

Cuando Jordan abrió la puerta, Sera entró en el silencioso piso y encendió una lámpara. Estaba en casa, pero su hogar nunca le había parecido menos tranquilo. El ambiente estaba cargado de tensión sexual.

Dejó el bolso en una mesa y Jordan la siguió.

Con el mando a distancia encendió unas velas que había en un arcón del salón y se volvió. Estuvo a punto de chocar con Jordan.

Él la besó. Ella quería probar de nuevo su sabor, lamerlo, verse envuelta en sus brazos.

Cuando se separaron, él la miró a los ojos.

–Te deseo, Sera. No puedo dejar de pensar en ti.

Sera se abrazó a él y lo besó, apretándose contra él, desesperada por volver donde lo habían dejado antes.

–Jordan –susurró.

Él la acarició y fue besándola desde la boca hasta el cuello.

Ella llevaba semanas resistiéndose, pero no podía negar cuánto la atraía. Le había resultado difícil no hacer caso de su presencia en las sesiones de rehabilitación, en el programa de su madre, en el hospital y en la boda, e imposible resistirse a ella. La había seducido a lo largo de las semanas. La había hecho salir de su concha.

Él le bajó la cremallera del vestido, que cayó y le dejó los senos al aire.

Apoyando la rodilla buena en una otomana cercana, se inclinó, la atrajo hacia sí y se llevó uno de sus senos a la boca.

Ella le agarró la cabeza y cerró los ojos. Era la felicidad absoluta. Las sensaciones eran intensas y exquisitas, y lo eran gracias a él y al ardiente deseo mutuo.

Jordan hizo lo mismo con el otro seno, y ella gimió.

Él le acarició las piernas, le subió el borde del

vestido y le bajó las braguitas. Sera apoyó las manos en sus hombros.

–Llevo tanto tiempo deseándote –murmuró él–. Tanto tiempo esperándote.

«Yo también».

Fue lo último que pensó antes de que la tumbara en la otomana. Se apoyó en los codos mientras él se inclinaba frente a ella. Le acarició los muslos con delicadeza. Al final, la tomó con la boca, y ella lanzó un grito ahogado. Perdió la noción del tiempo y se limitó a sentir todo lo que él le hacía. Y, de repente, alcanzó el clímax con un estallido de energía.

Cabalgó sobre una larga ola de placer, hasta caer y quedar lánguida contra él.

Después de eso, fueron al dormitorio, donde ambos se desnudaron del todo.

Ella lo amó con la boca y las manos hasta que notó que Jordan estaba a punto de perder el control.

–¡Sera! –gimió.

–¿Es demasiado? –bromeó ella tumbándose a su lado en la cama.

–Lo justo –él se puso protección y se colocó sobre ella.

–Has venido preparado, ¿verdad?

Él sonrió.

–Lo deseaba y se ha hecho realidad. Y es debido a las sesiones de rehabilitación que podemos hacerlo en esta postura.

–Eso, échame la culpa.

–No, voy a amarte hasta que los dos perdamos el sentido.

La penetró y ambos suspiraron.

Sera siguió el ritmo impuesto por él. Nunca se había sentido tan cerca de alguien.

Había intentado explicarse su primer encuentro, la noche del accidente de coche, como resultado de la descarga de adrenalina y lo alterada que estaba.

Pero ahora no había forma de negar la verdad. Volvió a alcanzar el clímax y se aferró a él mientras se elevaba en oleadas de placer y él la acompañaba.

Después, se quedó en brazos de Jordan, satisfecha como nunca lo había estado, hasta que a los dos los venció el sueño.

Cuando se despertó, el sol ya entraba por la ventana, pero estaba sola en la cama.

Miró a su alrededor con el ceño fruncido, hasta que oyó ruidos procedentes de la cocina. Se lavó en el cuarto de baño, se puso un chándal, se hizo una cola de caballo y fue a buscar a Jordan.

Estaba cocinando, ni más ni menos. Ella sintió placer y preocupación a la vez. ¿Aún no se había librado del todo del miedo a que otro hombre, después de Neil, la decepcionara?

–Hola, bonita –Jordan tenía una espátula en la mano y en la cocina olía de maravilla–. Ahora estoy contigo.

Sera lo miró. Estaba despeinado y para comérselo. Se había puesto los pantalones del traje de la noche anterior, pero llevaba el torso desnudo. Sera se empapó de la vista de lo que estaba tapado durante las sesiones de rehabilitación.

Él le sonrió.

–¿Tienes hambre?

¿Cómo podía estar ya tan alegre por la mañana temprano? Era cierto que el sexo había sido espectacular. Se sentía como una gata satisfecha. Pero, de todos modos, las mañanas eran las mañanas. Bostezó y se acercó a un armario para sacar una taza.

–Una vez te pregunté si nunca hay nubes que empañen tu alegría –masculló–. Supongo que la respuesta es negativa.

–Angel –contestó él riéndose–, me temo que voy a tener que ser yo siempre el que se encargue de los desayunos.

–Exactamente.

De pronto se dio cuenta: ¿siempre? Ni siquiera había parpadeado ante su alusión al futuro. Se dio cuenta de que la idea la hacía feliz y la ponía nerviosa. La noche anterior, su relación con Jordan se había complicado, pero ahora deseaba olvidarse del mundo y limitarse a vivir el momento.

–¿Siempre estás de mal humor por la mañana?

–Sí –se sirvió una taza del café que él había preparado.

–Archivaré esa información para el futuro.

–Seguro que siempre sales con mujeres que duermen maquilladas para despertarse listas para posar ante las cámaras –refunfuñó antes de dar el primer sorbo de café.

–No te preocupes –dijo él sonriendo–. Estás guapa por la mañana.

–¿Solo por la mañana? Umm… ¿Qué estás preparando?

–La tortilla de los hermanos Serenghetti.

–Así que sabes cocinar.

–A veces preparo el desayuno, creo que ya te lo había dicho. Como a menudo me levantaba tarde, era la única comida del día en que mamá no gobernaba la cocina.

–Estabas de juerga hasta tarde, supongo. Seguro que desayunabas tarde muchas más veces que los demás. Probablemente a mediodía.

–No voy a delatarme.

–Por supuesto.

–Cuando empecé a vivir solo, prepararme el desayuno se convirtió en una estrategia de supervivencia.

–¿Además de tener la acompañante adecuada?

–¿Estás celosa?

–Por favor…

–Algo me dice que vas a ser mi mejor compañera de desayuno.

–¿Ah, sí? –preguntó ella en tono despreocupado–. Pues estás a punto de averiguarlo.

La tortilla estaba deliciosa. Después, ya que estaban en su cocina, fue ella la que la recogió, mientras él iba a ducharse. Minutos después, mientras pasaba la bayeta a la encimera, oyó correr el agua y cedió al deseo al que llevaba resistiéndose desde que se había levantado.

Se desnudó y se dirigió al cuarto de baño.

Al abrir la puerta, lo vio dentro de la ducha, con una cuchilla en la mano y un espejo en la otra. Mientras se afeitaba, ella se colocó detrás de él, le puso las manos en las caderas y apoyó la mejilla en su espalda. Cuando él fue a agarrar el champú, ella lo detuvo, se echó un poco en la mano y procedió a lavarle la cabeza.

Él echó la cabeza hacia atrás para facilitárselo. Al cabo de unos segundos, dijo:

—Sera, ¿vamos a por la segunda ronda aquí?

—¿Lo hago bien?

—De maravilla.

Ella sentía su cuerpo vibrar y volver a la vida.

—¿Y si me das un masaje?

—¿Te molesta la rodilla?

—Ahora mismo, me vendrían bien tus manos, Angel.

Preocupada, le aclaró la cabeza y se agachó para tocarle la rodilla.

Jordan, riendo, la agarró del brazo, la levantó y la puso frente a él.

Inmediatamente, ella se dio cuenta de que estaba excitado.

—Creí que te molestaba la rodilla.

Él le dio un beso rápido en los labios.

—No he mencionado la rodilla, pero hay otras partes que necesitan tus cuidados.

Sera se dio cuenta de que a ella le pasaba lo mismo.

¿Cuándo había empezado a estar de acuerdo con él?

Capítulo Once

Jordan no dejaba de pensar en ella. Siempre había tenido relaciones esporádicas.

El sexo había sido fantástico, alucinante. Ella era muy receptiva y él se había liberado de la frustración sexual que había acumulado y que había alcanzado su punto álgido en la boda de su prima. Pero no se sentía aliviado, sino que deseaba estar con ella en todo momento.

Había soñado con ella la noche anterior y revivido la noche que habían pasado juntos, pero se había despertado excitado y sin ella a su lado.

Estuvo a punto de gemir, se removió en el taburete del bar y agarró con más fuerza la jarra de cerveza. Le gustaba la vida que llevaba. Pero en la boda de su primo, todos sus pensamientos habían desaparecido, salvo el de acercarse a la mujer que quería seducir.

Esa noche había ido al Puck & Shoot a relajarse, pero estaba pensativo y distraído al hablar con Vince, sentado a su lado.

–Jordan –Marc Bellitti le palmeó la espalda–. Me alegro de verte casi con tu aspecto habitual.

–Sí –Jordan dio un trago de cerveza.

–Sera debe de hacer milagros –Marc sonrió–. Casi me dan ganas de lesionarme la rodilla.

Jordan volvió a apretar la jarra de cerveza porque le habían entrado ganas de dar un puñetazo a Marc. No hacía mucho tiempo, él era como su compañero de equipo, incapaz de recordar un nombre, pero listo para recordar un rostro hermoso y el cuerpo que lo acompañaba. Sin embargo, las cosas habían cambiado. Él había cambiado. Tal vez hubiera sido por la lesión, por Sera o por las dos cosas. Al fin y al cabo, debía agradecerle a ella su increíble recuperación.

Marc apoyó el brazo en la barra.

—Ni siquiera has mirado a la rubia de la mesa seis, que no deja de lanzarte miradas insinuantes. Así que debo decir que casi has vuelto a la normalidad.

Jordan miró hacia atrás.

—No es mi tipo.

—Todas lo son. ¿Qué le pasa?

—Es muy joven.

—¿Tienes treinta y pocos y, de repente, tener veinticinco es ser muy joven?

—¿Cómo sabes su edad?

—De camino aquí a hacerte compañía, he averiguado que ya ha acabado la carrera y que ahora va a estudiar otra: Biología Marina.

—Ya te he dicho que no es mi tipo.

—Vaya, vaya, quién te habrá hecho cambiar de actitud.

Vince rio.

—Tal vez sigas pensando en la fisioterapeuta —comentó Marc.

—Las apariencias engañan —respondió Jordan.

No iba a confesar a sus compañeros que tenía sentimientos. No lo dejarían en paz.

–¿En qué sentido? –preguntó Marc.

–Puede que Sera siga siendo mi máximo desafío –dijo Jordan en tono despreocupado.

O él el de ella. No habían hablado del futuro, y a él le bastaba con vivir el momento. Y qué momentos había habido… Sin embargo, no quería que sus compañeros de equipo creyeran que su relación con Sera era algo más que ocasional, aunque no sabía cómo iban a conseguir que pasara desapercibida después de haber hecho trizas la barrera definitiva en la boda de su primo. Sera no había dicho nada, pero pisaban terreno peligroso al saberlo Mia.

–¿Y nuestra apuesta de que conseguirías que ella se derritiera? –preguntó Marc–. ¿Reconoces tu derrota? Tienes una mala racha. Primero, perdiste en el programa de cocina y ahora…

–No reconozco nada –que Marc especulara lo que quisiera. No iba a reconocer nada ni a divulgar detalles íntimos.

Marc se echó a reír y Jordan miró hacia atrás.

–Hola, Dante.

Se preguntó cuánto tiempo llevaba escuchando el hermano de Sera y qué había oído. Sus palabras podían interpretarse de muchas formas.

Ningún hombre la había hecho sentir así. Ya estaba, lo reconocía. Se moría de ganas de volver a verlo, abalanzarse sobre él y flotar en una feliz burbuja de emparejamiento.

A su antiguo yo, la idea le hubiera resultado terriblemente empalagosa, en vez de provocarle una sonrisa bobalicona. Muy pocas personas serían capaces de soportarla ahora.

Marisa, por ejemplo.

Se acababa de encontrar con su prima en el supermercado. Mientras empujaba el carro y soñaba despierta, casi se había sobresaltado cuando Marisa la había llamado.

—¿Estás bien? —preguntó su prima frunciendo el ceño.

—De maravilla —respondió Sera, queriendo abrir los brazos y ponerse a dar vueltas en medio del pasillo del supermercado—. Hacía siglos que no nos encontrábamos aquí.

—Probablemente porque me quedo mucho tiempo en el pasillo dedicado a los bebés comparando etiquetas y sintiéndome culpable por no hacer yo todas las papillas —bromeó Marisa—. Estos días, si consigo salir de casa sin tener la blusa manchada de baba, me doy por satisfecha.

Sera sonrió.

—¿Dónde está Dahlia?

—En casa, con su padre y, con suerte, durmiendo. Cole tiene el día libre.

Siguieron charlando. Sera sabía que su prima se estaría haciendo muchas preguntas sobre su aparición del brazo de Jordan en la boda. Además, ya no se trataba de un único encuentro amoroso del que ella había hecho jurar a Jordan que guardaría el secreto. Cualquier resto de distancia profesional había desaparecido entre ambos. Jordan y ella se habían acostado y, salvo que se volviera amnésica, nunca olvidaría esa gloriosa noche.

En ese momento, Marisa le preguntó:

–¿Cómo está Jordan?

Sera se encogió de brazos con despreocupación.

–Se está recuperando muy bien.

–Ya –su prima parecía divertirse–. Parece que está en tan buena forma que puede acudir a una boda.

«Contigo de acompañante». Las palabras no pronunciadas quedaron en el aire.

–Fui con él porque de ese modo me libraba de darle clases de cocina, como me había pedido su madre –explicó Sera. Inmediatamente pensó que debería haberse mordido la lengua. No hacía falta aclarar por qué había acompañado a Jordan. Ponerse a la defensiva hacía que pareciera que salían juntos. Se puso colorada.

–Ya.

–¿Quieres dejar de decir eso?

–Por favor –dijo Marisa sonriendo–, el chico no te quita el ojo de encima.

–Ni siquiera quería ser su fisioterapeuta. Intenté evitarlo.

–Sí, pero tal vez tuvieras miedo de serlo, simplemente porque la atracción entre vosotros dos era muy fuerte.

Sera se mordió los labios. Ya no sabía cuánto tiempo llevaba sin pensar en Neil. Jordan le consumía el cerebro y el corazón. Suponía que era una señal de cuánto había avanzado desde la ruptura con su exnovio. Había salido con chicos antes, pero no había tenido una relación seria hasta conocer a Neil, o eso era lo que creía. Pero ahora le parecía superficial al compararla con las profundidades a las que se había lanzado con Jordan.

Este le había extraído toda clase de emociones: molestia, exasperación, nerviosismo, necesidad, deseo, alegría y placer. Era como vivir en medio de una explosión de color, sobre todo en la cama.

En ese momento apareció otro comprador y Marisa y Sera se separaron para dejarlo pasar con el carrito. Sera aprovechó para mirar el reloj y librarse de aquella conversación. Si se quedaba más tiempo, su prima seguiría sondeándola.

Pero Marisa le guiñó el ojo.

—Mantenme informada.

—De acuerdo —contestó Sera poniendo los ojos en blanco.

Después de despedirse de su prima, se encaminó a la caja.

Cuando hubo dejado la compra en el coche y se hallaba sentada al volante, le sonó el móvil. Era Dante, por lo que apagó el motor y le contestó.

Después de haberse saludado, su hermano le preguntó:

—¿Cómo te van las cosas con Jordan?

—Estupendamente —era el tema de moda: Jordan y Sera.

—Ten cuidado.

—No te preocupes. Te prometo que no dejaré que se rompa un hueso con una de esas máquinas de fisioterapia —a su hermano no le había contado la verdadera relación que tenía con Jordan, así

147

que se preguntó qué pretendía Dante. ¿Se habría ido Mia de la lengua a pesar de su promesa?–. ¿Me estás ocultando algo?

–No. Sí. Me he enterado de que fuiste con él a una boda de la familia.

–En efecto. Necesitaba una acompañante. Está lesionado y no sale mucho –no era mentira del todo, pero añadió inmediatamente–: No os lo he dicho ni a ti ni a mamá porque no me pareció importante. «Y no quería que a vosotros os lo pareciera».

Dante tardó unos segundos en contestar.

–Sé que voy a lamentarlo, pero mi lealtad hacia mi hermana pequeña es mayor que…

–¿Que qué?

–Me encontré con Jordan en el Puck & Shoot.

Sera trató de parecer despreocupada.

–¿Y? ¿Estaba flirteando con Angus?

–Angus lleva cincuenta años casado.

–Treinta y cinco.

–No, Angus no tiene nada que ver. Pero oí a Jordan bromear con otros jugadores de los Razors. Dijo que tú aún eras su mayor desafío.

Lo era. ¿O Jordan se refería a que ella era una conquista más? Era una afirmación ambigua, pero el hecho de estar bromeando con sus compañeros de equipo al decirlo no era buena señal.

–Justo antes, oí que Jordan le decía a Marc Bellitti que las apariencias engañan.

¿No había pensado ella lo mismo sobre Jordan hacía poco? Había descubierto su trabajo voluntario con niños enfermos. Y le había encantado darse cuenta de que no era quien ella creía.

—¿En qué contexto lo dijo?

—Para serte sincero, Marc estaba tomando el pelo a Jordan diciéndole que estaba colgado de ti.

¿Hasta los compañeros de equipo de Jordan se metían con ellos? Sera trató de mantener un tono neutro, aburrido incluso.

—He sido camarera en el Puck & Shoot. He oído de todo. Probablemente estuvieran charlando de cosas sin importancia.

—Jordan y Matt habían apostado...

—La mayoría de los jugadores lo hacen.

—...que Jordan no podría seducirte. Para ser más exactos, que no conseguiría que te «derritieses».

Sera se quedó helada. Apretó los labios. Estaba furiosa, pero iba a disimularlo y a interrogar a Jordan en el momento oportuno para que se explicara, si podía.

Suspiró. Reconocía la buena intención de su hermano al decírselo.

—Gracias, Dante. Te debo una —pobre Sera. Su familia la había vuelto a salvar.

Sorprendentemente, su hermano no le contestó con una broma, sino que imitó su tono resignado.

—¿Para qué están los hermanos? De todos modos, tú me has ayudado mucho últimamente.

Sus palabras hicieron sonreír a Sera. Dante tenía razón, lo cual era un pequeño consuelo en su situación.

Era una mujer madura e inteligente. Sera no dejaba de repetírselo.

En los días transcurridos desde la conversación con Dante, había urdido un plan, después de decidir que no iba a seguir enfadada. Estaba dispuesta a concederle a Jordan el beneficio de la duda. Al fin y al cabo, había sido testigo de muchas bromas mientras trabajaba de camarera en el Puck & Shoot, como le había dicho a Dante. La mejor estrategia sería ganar a Jordan y sus amigos en su propio terreno.

¿Solo había transcurrido una semana desde la boda de Constance y Oliver? Habían ocurrido muchas cosas, incluyendo un aumento de la frustración sexual. El trabajo y otros compromisos habían impedido que Jordan y ella se vieran, salvo en la sesión de rehabilitación. Después, lo que le había contado Dante la había hecho esperar hasta esa noche, en la que Jordan le había propuesto ir a cenar.

Ya les habían servido el vino, pero aún no les habían tomado nota. Había llegado el momento de divertirse un poco.

Ella se inclinó hacia él y le habló en voz baja.

–Llevo toda la semana pensando en el sábado por la noche.

Los ojos de Jordan brillaron.

–Qué coincidencia. Yo también.

–Umm… –¿solo para afirmar que había ganado una apuesta estúpida?

–No quiero presionarte, pero –Jordan sonrió– querría repetir.

Sera metió un dedo en la copa de vino y, sin dejar de mirarlo a los ojos, se lo llevó a la boca.

Jordan tragó saliva.

Ya lo conocía lo bastante para saber que estaba excitado. Ocupaban una mesa para dos en un agradable rincón, donde podían dedicarse a flirtear sin llamar la atención. Ella quería divertirse y que se tragara sus palabras.

Le rozó la pierna con la suya. El vestido que llevaba se le ajustaba a lo senos, por lo que se inclinó más hacia delante, para mostrarle el escote.

«Quiero que te derritas», pensó.

—Sera —dijo él con la mirada encendida—. Aún no hemos tomado los aperitivos y estás…

—¿Lista para el postre? —ella deslizó el dedo manchado de vino desde la clavícula hasta los senos.

Jordan carraspeó y siguió el movimiento del dedo con la mirada.

—Vengo directamente del trabajo —dijo ella.

Él alzó la vista y la fijó en sus ojos.

—¿Llevas vestidos ajustados en las sesiones de rehabilitación? ¿Con qué cliente?

Ella se echó a reír.

—No seas tonto. Me he puesto el tanga y el vestido en el cuarto de baño, antes de venir aquí.

—Estás jugando conmigo, ¿verdad?

Sí, se divertía dándole la vuelta a la tortilla.

—No sé qué te ha puesto así…

—Hace tiempo que no nos acostamos. Ahora que lo he probado, quiero más.

Él gimió y ella esbozó una sonrisa traviesa.

Jordan arrojó la servilleta sobre la mesa.

—Ya vale. Vámonos. Dejaré una buena propina por el vino que hemos pedido.

—Pero no hemos cenado.

—Ya pediremos algo. Después.

—Jordan, estás un poco sofocado, ¿tienes calor?

–Sí, me lo produces tú –respondió él al tiempo que indicaba con un gesto de la mano a un camarero que se acercaba que no lo hiciera.

Ella sonrió y cambió de postura. Dio un trago de agua y lo miró.

–Sera, tenemos que marcharnos. Si no, no podré hacerlo sin que…

–Y no querríamos que tus compañeros de equipo lo vieran, ¿verdad?

–Exactamente.

–Al fin y al cabo, se supone que eres tú quien debe hacer que me derrita.

Jordan se quedó inmóvil y volvió a gemir.

Ella ladeó la cabeza y lo miró.

–Puedo explicártelo –afirmó él.

–Estoy segura. Me muero de ganas de escucharte.

–¿Te lo ha dicho Dante? Fue una apuesta estúpida…

–A mi costa.

–Y un comentario sin importancia.

–¿Para conservar la reputación del gran y poderoso Jordan Serenghetti?

–¡Maldita sea!

–Amén.

–¿Me vas a hacer pedirte perdón de rodillas?

–Al menos que te esfuerces para que te perdone –contestó ella en tono burlón–. Voy a ayudarte. «Me he comportado como los demás hombres».

–Correcto.

–«No manejamos bien las emociones».

–Correcto.

–«Fue una bravuconada machista».

—Correcto de nuevo —la tomó de la mano—. Ahora sigo yo. Estaba frustrado por no poder jugar. Que mis compañeros de equipo se burlaran de mí por tu causa era añadir…

—¿Un insulto a tu lesión?

Él la miró con docilidad.

—Sí. No quería hablar de ti con ellos. Porque eres tú, y eres especial.

—Voy a tener que ponerme dura con los Razors.

Jordan sonrió.

—Ya saben, por la televisión, como te las gastas —le levantó la mano y la besó en los nudillos—. ¿Perdonado?

—Debería darte clases de cocina en directo durante toda una temporada.

Jordan se estremeció.

—No, por favor. El último programa casi acaba conmigo. De todos modos, esto no se refiere a una apuesta estúpida ni a pagar con la misma moneda. Lo cierto es que he perdido la cuenta de quién de los dos debe un favor al otro. Ha dejado de importarme. Lo único que me importa es estar contigo.

—¡Vaya! —ella quería creerle. La apuesta la había hecho dudar de lo que pensaba que era genuino y hermoso. Seguía teniendo fe en él, pero menos. Pero no se esperaba que esa noche fuera a mostrarse tan sincero.

—Tengo un plan para hacer una importante donación al Hospital Infantil de Welsdale —afirmó Jordan—. Gracias a ti, podré seguir jugando para hacerlo posible. Será un edificio adjunto al hospital para rehabilitación. Sé lo importante que es la fisioterapia.

Sera tomó aire. Había empezado la noche enfadada y dispuesta a darle una lección, pero había acabado conmoviéndose.

Jordan le acarició el dorso de la mano con el pulgar.

—Dentro de unas semanas me reuniré con la dirección del hospital. Me gustaría que me acompañaras.

Ella parpadeó. No era un proposición de matrimonio, pero era importante. Le estaba pidiendo que participara en una decisión vital que supondría millones de dólares.

—¿Por qué?

—Porque tienes una perspectiva de las cosas de la que yo carezco. Valoro tu opinión. Eres importante para mí —concluyó sonriendo.

Impulsivamente, ella le tomó el rostro entre las manos y lo besó, sin prestar atención al resto de los comensales.

Cuando volvió a sentarse, Jordan rio.

—No bromeaba antes al decirte que teníamos que irnos de aquí corriendo. Si me vuelves a hacer otra demostración de afecto en público…

—¿Estaremos dando un espectáculo solo apto para mayores?

—¿Te han dicho que tienes el don de saber acabar mis frases?

—Estamos en la misma onda.

—No es solo ahí donde quiero estar.

—Pide la cuenta, Serenghetti.

Capítulo Doce

Jordan se contuvo hasta que Sera y él salieron del ascensor directamente a su piso.

–No lo recordaba así –dijo ella–. Pero estaba algo alterada después del accidente y no debí de fijarme bien.

El que estaba alterado en aquel momento era él. La besó en la nuca y la acarició. Quería volver a hacer el amor con ella. Nunca había experimentado la necesidad de manera tan acuciante.

Lo había sorprendido su forma de reaccionar ante la estúpida apuesta con Marc. Otra mujer se hubiera negado a hablar con él y hubiera dejado que adivinara por qué.

Pero Sera era distinta. Lo volvía loco de deseo.

La degustaba y la olía incluso dormido. Y, desde su encuentro en la boda, había ansiado estar a solas con ella. Hablaba en serio al decirle que lo único en lo que pensaba era en estar con ella.

Cuando llegaron al dormitorio, se puso frente a ella y la besó. Sera le respondió con deseo, y sus bocas se enredaron.

Él tiró del nudo que llevaba su vestido en la cintura y este se abrió. Se la comió con los ojos.

–Eres un sueño hecho realidad, Sera.

Volvieron a besarse y él la empujó levemente

hacia la cama. El vestido de ella cayó al suelo, al igual que la camisa de él.

Él le agarró los senos y sintió su peso, al tiempo que le acariciaba los pezones con el pulgar por encima de la tela del sujetador.

—¿Te gusta que te acaricie?

—Sí —Sera jadeaba y tenía las pupilas dilatadas.

Él quería que sintiera la profundidad de su deseo, y a la inversa. Quería proporcionarle placer.

Le desabrochó el sujetador y observó cómo se le desparramaban los senos.

Después, sin dejar de mirarla a los ojos, se agachó para tomar cada uno con la boca.

Ella gimió y le introdujo los dedos en el cabello.

—Jordan…

Él cerró los ojos y se llevó un pezón a la boca, y luego el otro.

A Sera se le doblaron las rodillas y se apoyó en él.

Jordan le dijo todo lo que le quería hacer. Su piel sabía a flores, lo que hacía que la deseara aún más.

Cuando se incorporó, le puso la mano entre los muslos.

—Ya estás lista para mí, Angel.

Ella lo miró con los ojos entrecerrados. Estaba sofocada y tenía los labios rojos.

—Va a ser estupendo. Llevo días esperando repetir.

Ella se humedecido los labios y le acarició su masculinidad.

—Por favor.

Él respiró hondo.

–¿Qué quieres?

Ella lo sorprendió desabrochándole el cinturón y quitándole los pantalones. Lo besó en el pecho desnudo, lo cual le hizo gemir. Después lo acarició con mano firme, aproximándolo aún más al borde del abismo.

–Sera…

Ella se agachó y lo tomó en la boca.

Una oleada de placer obligó a Jordan a cerrar los ojos. Cuando no pudo resistirlo más, hizo que Sera se levantara y le quitó las braguitas.

Ella se tumbó en la cama, con el cabello extendido a su alrededor.

Mirándola a los ojos, mientras ella le enlazaba la cintura con las piernas, la penetró. Ambos suspiraron.

Jordan apretó los dientes.

–Estás tan caliente… Qué bien.

Comenzó a moverse y ella fue a su encuentro en cada embestida. Jordan cerró los ojos, con la intención de que durase más. Al cabo de unos minutos, fue demasiado para los dos.

Sera alzó las caderas y arqueó la espalda al alcanzar el clímax. Al observar su reacción, Jordan lo alcanzó también, con un ronco gemido.

Después, se dejó caer sobre ella y la abrazó. Y, satisfechos, se durmieron.

Sera pensaba que la única palabra que podía resumir la semana anterior era *idílica*. Jordan y ella se habían ido a pasar el fin de semana a un bungaló que él tenía en Cape Cod. Habían montado en globo y, sobre todo, habían disfrutado viviendo en su nuevo mundo.

Ahora, mientras llegaban de la mano a un cine cerca de Welsdale, Sera estaba contenta, dispuesta a disfrutar de la noche y llena de planes para su floreciente relación. La recuperación de Jordan iba tan bien que pronto podrían boxear juntos. Y en futuras visitas a Cape Cod, harían esquí acuático, saldrían a navegar e incluso harían *parasailing*.

—¡Jordan, Jordan!

El periodista surgió de la nada, disparando la cámara como si fuera una metralleta. Sera agachó la cabeza mientras se encaminaban a la puerta del cine. Hasta aquel momento habían podido esquivar a los fotógrafos, a pesar de la fama de él, probablemente porque estaban fuera de temporada y él estaba lesionado.

Sin embargo, Sera no se engañaba. Sabía que su luna de miel no duraría eternamente. Jordan era demasiado conocido. Y aunque hasta entonces habían conseguido mantener oculta la relación, incluso a sus familias, aquel fotógrafo implicaba que ella debía tomar una rápida decisión sobre cómo enfrentarse al hecho de que hubiera salido a la luz. El hecho de que Jordan y ella fueran agarrados de la mano daba a entender que eran algo más que meros conocidos.

Mientras el fotógrafo disparaba la cámara corrió hacia ellos para alcanzarlos.

—¿Algún comentario sobre la noticia del telediario?

–Sea cual sea, la respuesta es «no» –respondió Jordan.

–¿Niegas que eres el padre del hijo de Lauren Zummen?

Sera se puso rígida y miró a Jordan, que había adoptado una expresión sombría.

–¿Tienes algo que decir?

–No.

Inmediatamente, Jordan cambió de dirección y se encaminó hacia el coche, al tiempo que tiraba de Sera.

–¿No lo niegas? –gritó el fotógrafo detrás de ellos.

–¿Cómo sabías dónde estábamos? –preguntó Jordan sin mirar hacia atrás.

–Tengo mis fuentes –el fotógrafo parecía contento.

Aturdida, Sera siguió a Jordan en silencio. De repente, lo que sus familias pudieran pensar de su relación se había convertido en el menor de sus problemas.

Se montaron en el coche sin decir nada. Jordan arrancó y dejó atrás a su perseguidor. Era evidente que no iban a ir a ningún otro sitio. No querían llamar la atención.

Al final, Sera se obligó a decir:

–¿Sabes de qué hablaba?

Por la expresión de Jordan se percató de que, al menos, se lo imaginaba, y había preferido no decirle nada a ella.

–Hay rumores…

Ella agarró el bolso con fuerza. Podía haber

oído esos rumores en cualquier momento, sin estar preparada para enfrentarse a ellos. Tampoco lo estaba en ese momento.

–¿Dónde vamos?

–A tu casa, que está más cerca. Tenemos que hablar.

Esas palabras confirmaron sus peores sospechas. Cerró los ojos durante unos segundos.

–¿Así que hay un hijo?

Jordan asintió, sin apartar la vista de la carretera.

–¿Conoces a la madre? –le pareció estar masticando tierra al preguntarlo.

–La primera vez que he oído su apellido unido a los rumores ha sido cuando lo ha dicho el fotógrafo. Sí, la conocí. Pero fue solo una vez y durante un corto periodo de tiempo.

–Solo se necesita una vez, ¿no?

–No hay pruebas de que yo sea el padre –contestó él mirándola.

–Ni de que no lo seas.

Jordan golpeó el volante con la mano.

–Me estás pidiendo que demuestre que no lo soy cuando ni siquiera me he hecho una prueba de paternidad.

¿Cómo era posible que aquello le estuviera pasando a ella? ¿Era una mujer marcada? Ya había salido con dos hombres que tenían familia, hijos, sin ella saberlo. Por segunda vez, sufrió una decepción brutal.

–Sera, esas acusaciones son frecuentes en el caso de deportistas profesionales.

Ella sabía a lo que se refería. Las estrellas del deporte eran el objetivo de los cazafortunas. Su prima Marisa había nacido de la corta unión de la tía Donna con un jugador de béisbol, aunque esta no había recibido ni un céntimo del padre de Marisa, cuyas aspiraciones deportivas habían muerto con él en un accidente.

–La niña tiene dos años y medio –dijo Jordan en voz baja.

–¿Cuándo te vas a hacer una prueba de paternidad?

–Esa alegación llega cuando menos me lo esperaba. Tengo que hablar con Marv, mi agente, para que haga investigaciones.

–¿Por qué no me lo habías dicho?

–Hasta ahora creía que eran rumores sin base alguna. Primero, quiero conocer los hechos.

¿Para tener tiempo para decidir cómo le contaba la historia? Siempre encontraban un motivo, una explicación. Neil también la tenía.

Cuando llegaron a su casa, Sera se bajó del coche y corrió hacia la puerta. Jordan la siguió.

–¡Sera!

No quería hablar de eso en aquel momento. ¿Cómo podía haber vuelto a ser tan estúpida?

Debía de emitir una señal a los hombres: «Esta es fácil de engañar».

Jordan le tocó el brazo y ella se volvió.

–Déjame en paz.

–Tenemos que hablar. Escucha...

–No, escucha tú –lo señaló con el dedo–. No me gusta que me engañen.

Él tuvo la indecencia de parecer sorprendido.

–A mí tampoco.

–Hay muchas cosas sobre ti que parece que desconozco.

–Vamos a hablar a algún sitio en privado.

–No –de ninguna manera iba a proseguir con aquella... conversación, sobre todo en su piso. Para que él se sirviera de su encanto para hacerle luz de gas. Allí no podría huir cuando estuviera destrozada.

Neil también había jugado con sus sentimientos y su corazón: «No has entendido nada, Sera. Mi matrimonio no es de verdad. Te adoro». Más tarde, ella se había enterado, en el bar donde lo había conocido, que era un cliente habitual y que no era la primera mujer con la que flirteaba. Y había un hijo, desde luego; una niña de dos años que vivía con su madre, en Boston.

Jordan se quedó callado, suspiró y se metió las manos en los bolsillos.

–¿Qué? ¿No tienes nada que decir? La noticia no te ha sorprendido.

–Te he dicho lo que sé. No me lo esperaba y me acabo de enterar del apellido de la madre. Aún lo estoy asimilando.

–¿Te crees que soy estúpida? Estos escándalos suelen difundirse durante cierto tiempo, antes de alcanzar los titulares de los medios. Y no me lo habías dicho.

–No pensé que te molestara tanto que esperara.

–¿Qué? ¿No me iba a molestar que fueras padre y no lo supiera?

–Supuesto padre. Y lo he sabido hace poco.

–Pero antes de esta noche. Debería haber aprendido la lección con Neil.

–¿Quién es Neil?

–El hombre con el que tuve la desgracia de salir cuando entré en el bar en el que trabajaba, hasta que me enteré de que tenía esposa y una hija, puestas a buen recaudo en Boston –explicó ella en un tono lleno de sarcasmo–. Lejos, pero no mucho, de Welsdale, adonde iba con frecuencia por negocios.

Jordan lanzó una maldición.

–Y pensar que creía que mi mayor problema contigo era la apuesta estúpida que habías hecho con Marc Bellitti… –agitó una mano–. Ya sabemos quién ha hecho aquí el ridículo, ¿verdad?

–Lo siento, Sera –afirmó él solemnemente.

–Sí, supongo que no hay nada más que decir –contestó ella mientras los ojos se le llenaban de lágrimas traidoras–. Salvo que, a veces, no basta con decir «lo siento». Adiós, Jordan.

Sentado en el sofá de su piso, Jordan miraba pensativo la pared de enfrente.

¿Era realmente el padre de un niño? Siempre tenía cuidado. En aquel caso, más de tres años antes, había intimado con Lauren una sola vez y había utilizado protección y, aunque tal medida no era segura al cien por cien, le daba motivos para dudar de la veracidad del asunto. Había conocido a Lauren en una fiesta y ella se le había insinuado claramente. Estaba pasando las vacaciones en

Cape Cod con un grupo de veinteañeros. La casa de él estaba cerca. Pronto se dio cuenta de que no tenían mucho en común, así que la dejó, y no había vuelto a verla ni a saber nada de ella. Hasta entonces.

Esos mínimos hechos serían de poco consuelo para Sera, desde luego. Pero él ya no era el mismo que tres años antes. Ahora una admiradora con aspiraciones no le atraía.

Sabía lo que debía hacer. Si le seguían acechando los paparazis, la historia se difundiría rápidamente. No podía permitirse el lujo de esperar. Debía contárselo a su familia antes de que lo leyeran, antes de que se quedaran consternados y decepcionados como Sera.

Agarró el teléfono y llamó a Marv. Su agente le contestó con voz soñolienta.

−¿Te vas pronto a la cama últimamente, Marv?

−¿Qué pasa?

−Necesito que hagas un seguimiento del reciente rumor sobre un supuesto hijo mío. No puedo esperar y debemos saber cómo vamos a responder.

−¿Qué ha pasado?

−Un fotógrafo me ha visto esta noche, y la historia está tomando fuerza. Me dijo el apellido de la mujer, y me acabo de enterar de que la tal Lauren es alguien a quien probablemente haya conocido.

No debía darle muchas explicaciones a Marv. Lauren era un nombre bastante común, por lo que tanto a su agente como a él les había resultado fácil no hacer caso de los rumores. Pero, ahora, él reconocía que era una mujer que pertenecía a su pasado, y sabía que tendría que enfrentarse a las consecuencias.

–Estoy dispuesto a hacerme una prueba de paternidad, si es necesario.

¿Y si era el padre? Sopesó la idea. Imaginaba que algún día tendría hijos, desde luego. Le gustaban los niños. Le encantaba ser tío de sus sobrinos. Le importaban tanto los niños que iba a construir nuevas instalaciones en el Hospital Infantil de Welsdale. Pero, hasta aquel momento, no se había planteado seriamente tener hijos, debido a su estilo de vida. Estaba en la cumbre de su carrera. Además, para ser sinceros, no había conocido a ninguna mujer con la que deseara tener hijos.

Se le apareció la imagen de Sera y comenzó a sonreír. Un hijo de Sera y suyo sería, sin duda, una maravilla.

Marv suspiró.

–Ya sabes que un escándalo, añadido a todo lo demás, no te va a favorecer a la hora de negociar los contratos. Hay que pararlo.

–De todos modos, quiero saber la verdad. Contrata a un investigador privado y averigua todo lo que puedas y lo más rápidamente posible.

Confiaba en Marv y lo consideraba algo más que su agente, debido a su larga relación laboral.

–De acuerdo. Y, Jordan…

–¿Qué?

–Sea cual sea la verdad, podrás manejarla.

–Gracias por el voto de confianza, Marv.

Su vida andaba patas arriba, pero se había visto en situaciones peores.

Capítulo Trece

–Bernice, tienes que cambiarme de paciente.

Sera se hallaba en la puerta del despacho de su jefa, sin mirarla.

No todos los días salía una en la prensa como pareja de alguien y, en privado y al mismo tiempo, rompía la relación. Se diría que Jordan y ella habían tenido la relación más corta del mundo. Eran la versión local de una boda y divorcio en Las Vegas.

Además, la publicación de que Jordan era padre de una niña y salía con otra mujer hacía babear a la prensa.

Recordó el doble titular: *El hijo secreto de Jordan Serenghetti y la nueva misteriosa mujer de Jordan Serenghetti.*

–¿Quieres que te cambie de paciente porque puede que Jordan sea padre de un niño?

–¿Ya lo sabes?

–Lo sabe todo el mundo. Se trata de Jordan Serenghetti. Es difícil no enterarse de la noticia, sobre todo aquí, y no se me da bien evitar los cotilleos.

A Sera no le daba vergüenza haber llorado la noche anterior. El dolor le punzaba el corazón. Hubiera agradecido que hubiese sido agudo y terrible, pero corto, no aquella agonía.

No podría evitar a Jordan el resto de su vida, a no ser que rechazara las futuras invitaciones de Marisa y Cole. Y, aunque lo hiciera, Welsdale no era una ciudad muy grande, por lo que, antes o después, se lo acabaría encontrando.

¿Por qué no le había servido de lección su experiencia con Neil? Una vocecita interior se quejaba, furiosa, y se resistía a callar.

Bernice la miró con compasión.

—Sé que me dijiste que necesitábamos el contrato con los Razors... —Sera se calló porque le temblaban los labios. Pero no iba a llorar. Creía que la noche anterior se le habían secado las lágrimas.

—¿Las cosas se han vuelto íntimas con Jordan?

Sera asintió. Seguía sin mirar a su jefa. Se había comportado de forma poco profesional, y con Jordan Serenghetti, ni más ni menos.

—¿Sientes algo por él?

—Sí —respondió Sera con voz ronca.

La culpa era de Jordan... y también de ella. ¿Cómo había caído rendida ante sus encantos? Debería haber estado alerta. Y la próxima vez lo estaría, aunque tuviera que darse cabezazos contra una pared.

Bernice suspiró.

—Hay deportistas a los que es difícil resistirse.

—¿Lo dices por experiencia?

—Recuérdame que alguna vez te hable de Miguel.

Sera la miró con los ojos como platos, porque su jefa llevaba años casada. ¿Había tenido una aventura?

—Fue antes de Keith. Me sirvió de lección.

Sera deseó poder decir lo mismo.

—Muy bien. ¿Cuándo tienes la siguiente cita con el chico malo de los Razors?

—El miércoles que viene, a las dos.

—Voy a consultar los horarios para ver quién está disponible.

—Gracias, Bernice —dijo Sera relajando los hombros.

—Le diremos que esta semana no estás disponible y, a partir de ahí, veremos cómo se resuelve la situación.

En lo que a Sera respectaba, la situación ya estaba resuelta. Jordan y ella habían terminado.

—No se trata de una simple pelea. No hay esperanza...

Bernice alzó la mano.

—Ya veremos.

Sera suspiró. Al menos, disponía de un aplazamiento.

—Gracias, Bernice.

Se esforzó en concentrarse en el trabajo el resto del día. De camino a casa, fue al supermercado. Iba a ponerse a cocinar para olvidarse de sus penas o a consolarse comiendo algo preparado.

De camino a la sección de los helados, se detuvo bruscamente al ver a Marisa, que ya la había visto. Reprimió un gemido.

—Tenemos que dejar de vernos así —bromeó su prima.

«Y que lo digas», pensó Sera. Lo único que le faltaba era toparse con su prima.

–Supongo que, debido a Dahlia, solo puedes hacer la compra a última hora de la tarde, cuando Cole vuelve a casa.

–Exactamente –dijo Marisa sonriendo.

Por desgracia, también era la hora en que ella salía de trabajar y se pasaba por el supermercado a comprar lo que necesitara.

Marisa le examinó el rostro y miró a su alrededor para estar segura de que nadie las oiría.

–¿Cómo estás?

–Todo lo bien que cabría esperar en un día como hoy.

–Iba a llamarte después, cuando volvieras de trabajar. Si necesitas hablar con alguien o un hombro…

–¿Para llorar? –Sera se encogió de hombros–. Lo siento, me he quedado sin lágrimas.

Marisa suspiró.

–¿Cómo se lo ha tomado la familia Serenghetti? –Sera se maldijo por preguntar.

Tal vez, Jordan hubiera llamado a su familia para prevenirla, un detalle que no había tenido con ella.

–Jordan nos ha dicho que todavía no sabe la verdad.

Sera volvió a encogerse de hombros.

–Pues le deseo mucha suerte.

–Vamos, Sera, sé que te importa.

–¿Ah, sí?

–Sobre todo en la boda, me pareció que había una chispa especial entre vosotros dos. ¿Estaba equivocada?

–¿Acaso importa ahora? Lo único que importa es que he vuelto a ser una estúpida.

–¿Porque puede que Jordan tenga un hijo?

–¡Porque no me lo dijo! Al igual que mi otro mentiroso exnovio. Parece que tengo el don de descubrir a impostores.

–No lo sé. A mí, vuestros mutuos sentimientos me parecieron verdaderos.

Otro cliente entró en el pasillo y tuvieron que separarse.

–Debo irme –dijo Sera– antes de que alguien me reconozca por la noticia.

–Aquí me tienes para lo que necesites.

Sera asintió mientras se alejaba por el pasillo, reflexionando sobre las palabras de Marisa.

«Sentimientos», la palabra mágica. Esperaba que tales sentimientos desaparecieran pronto y se marcharan muy lejos.

Sera se había dedicado a hacer ejercicio en el gimnasio con ganas: pilates, yoga, *kickboxing*. No había obstáculo que no pudiera vencer. Sin embargo, no podía superar la furia; mejor dicho, el dolor.

Y ahora tenía por delante una cena de domingo con su familia, en casa de su madre. No podía dejar de acudir porque, si no se presentaba, a su familia le confirmaría que algo no iba bien y tal vez se preocupara más de lo que ya estaba. Debía enfrentarse a la realidad. Cuanto antes, mejor.

Después de haber servido la comida, su madre la miró.

–Esta semana me he enterado de una historia escandalosa, que sé que no puede ser verdad.

–Umm… –Sera no alzó la vista del plato.

–Que Jordan y tú sois pareja –prosiguió su madre–. Le dije a la peluquera que os debían haber fotografiado juntos porque tu prima Marisa os habría invitado a su casa. Al fin y al cabo, ahora sois familia política.

Y lo seguirían siendo. Era una sombría perspectiva la de seguir viendo a Jordan. A una parte de ella le gustaría volver a verlo, pero, al mismo tiempo, sabía que le resultaría insoportable guardar las apariencias.

–¿Tengo razón? –preguntó su madre dejándola de mirar para dirigir la vista a un silencioso Dante, que había llegado unos minutos antes.

–No era una invitación de Marisa –masculló Sera.

–Y Natalie, la peluquera, también me ha dicho que Jordan tiene un hijo. Esa mujer se entera de los peores cotilleos.

Sera se puso colorada.

–Sí, yo también lo he oído.

–¿Ah, sí?

–El fotógrafo que nos siguió al cine lo mencionó.

–¿Los Serenghetti fueron al cine y te invitaron? Qué amables.

–Solo fuimos Jordan y yo –dijo Sera mirando a su madre a los ojos. Después de haber tenido un sexo espectacular.

Dante tosió.

Roxana ladeó la cabeza, desconcertada.

—¿Así que la historia es cierta? ¿Jordan y tú habéis estado saliendo?

—Sí.

—¿Y ahora resulta que tiene un hijo con otra mujer?

Sera volvió a sonrojarse. Dicho así, parecía otro problema en el que, a ojos de su familia, la pobre Sera se había metido.

—Es lo que dice la prensa.

—No me habías dicho que Jordan y tú salíais.

Justamente para evitar situaciones como aquella.

—Pero se ha lesionado... —su madre se calló, como si la sorpresa la hubiera dejado sin palabras.

—Ha estado haciendo rehabilitación conmigo.

Se hizo un incómodo silencio en el que solo se oía el ruido de los cubiertos.

Dante carraspeó.

—Sera se ha estado viendo con Jordan porque me estaba ayudando.

Rosana miró a su hijo, desconcertada.

—Le pedí que aceptara a Jordan como paciente para que tuvieran una imagen mejor de mí en el trabajo.

Sera miró a su hermano, agradecida. Durante mucho tiempo había intentado demostrar su independencia y competencia y, ahora, Dante reconocía su ayuda.

—No sé qué decir —declaró su madre, tras una pausa.

—No te preocupes, mamá —dijo Sera queriendo

tranquilizarla–. Jordan y yo hemos dejado de vernos.

–¿Por la historia que circula?

–En parte. Más bien porque me pilló de sorpresa, ya que él no me había contado nada.

Su madre suspiró.

Dante se sirvió más albóndigas.

–El mundo está del revés –bromeó–. Sera me echa un cable y mamá tiene un pretendiente.

–¿Qué? –ahora la sorprendida era Sera.

Su madre parecía sofocada.

–Mamá no es la única que tiene sus fuentes para enterarse de los rumores que circulan por la ciudad. Se dice que el caballero en cuestión es un educado contable de día y un malvado jugador de cartas de noche.

–Supongo que te has encontrado a una de las amigas de mamá con las que juega a las cartas.

–Sí, a una de ellas se le escapó. Debo alegar en su defensa que su amiga creía que yo ya lo sabía.

–Vaya –dijo Sera mientras miraba alternativamente a su madre y su hermano–. ¿Alguien más tiene un secreto que contar?

–Yo no –dijo Dante.

Como su madre seguía pareciendo incómoda, Sera afirmó:

–Me alegro por ti, mamá. Me alegro mucho. Ya era hora.

–Gracias, Sera. Nos lo estamos tomando con calma, a pesar de los rumores que tu hermano esté difundiendo –dijo mirando a su hijo.

Dante sonrió con descaro.

Rosana volvió a mirar a Sera.

–¿Estás bien? Todo eso debe de ser demasiado para ti.

–Soy una persona adulta, mamá. Me las apañaré.

–Sé que lo eres –respondió su madre sonriendo de repente– pero, si quieres hablar, aquí me tienes. Me doy cuenta de que Marisa ha sido tu confidente, pero, desde que tu padre murió, creo que sé algo acerca de lo que es el dolor.

Sera intentó sonreír, pero le temblaban los labios. Estaba conmovida. Primero, Dante; ahora, su madre. Parecía que su familia por fin le daba espacio, como persona adulta, además de reconocer sus propias debilidades.

–Gracias, mamá.

Su madre le apretó la mano, antes de levantarse para llevar los platos vacíos a la cocina.

Dante miró a Sera con curiosidad.

–¿Así que Jordan y tú…?

–¿Qué?

Dante se inclinó hacia delante y dijo en voz baja:

–Dime si lo debo retar en duelo. La familia está por encima del trabajo.

–Gracias, pero no es necesario.

–Creí que… por la apuesta…

–Lo sé, pero habíamos hecho las paces. Parecía que sentía algo por mí.

–Así que lo que había entre vosotros era verdadero y ha sucedido eso –Dante soltó un improperio.

–Dice que no sabe si es el padre.

Su hermano suspiró.

–Es cierto que las estrellas del deporte son el objetivo de los cazafortunas y de los que persiguen la fama. No te creas todo lo que lees, porque puede que no sea verdad.

Jordan le había dicho lo mismo, pero sus argumentos no le habían parecido significativos porque estaba comparándolo con Neil. Pero la similitud con este no era cierta, porque…

–Así que Jordan siente algo por ti. ¿Y qué sientes tú por él?

«Lo quiero», se dijo Sera.

Notó el corazón golpeándole el pecho. Por fin reconocía lo que había permanecido en los límites de su conciencia, a pesar del dolor. Jordan la entristecía, la enfadaba y la volvía mala, pero la hacía sentirse viva.

Pero le había dolido enterarse de la noticia por un desconocido, en vez de oírla de labios de Jordan. Sin embargo, a diferencia de su exnovio, este no había intentado ocultarle durante meses que tenía familia. Y, ¿acaso no quería ella formar parte de su vida, con hijo o sin él?

–Si él ya no te importa –prosiguió Dante–, debes pensar qué vas a hacer.

Sera lo miró y luego a su madre, que volvía al comedor.

Quería a Jordan. La pregunta era qué iba a hacer al respecto.

Capítulo Catorce

–Tengo noticias –anunció Marv.

–Que no haya noticias es la mejor noticia –bromeó Jordan. Al ver quién llamaba había dejado de hacer los ejercicios de rehabilitación en el gimnasio de su casa. El corazón le latía con fuerza. Lo que le dijera Marv podía cambiarle la vida. Si ya era padre, su futuro, con o sin Sera, sería más complicado y supondría un gran cambio en su vida.

Había accedido a hacerse una prueba de paternidad, pero había pedido a Marv que contratara a un detective privado y que lo mantuviera informado.

–Te aseguro con toda certeza que no eres el padre. Y no solo por la prueba de paternidad, sino por otra información que ha salido a la luz.

Jordan respiró hondo y notó que le desaparecía la tensión. Después lanzó una maldición para sí.

En los últimos tiempos, su vida había sido una montaña rusa. Por si fuera poco, Lauren Zummen había concedido una entrevista sobre su encuentro y posterior embarazo.

Jordan se estremeció al pensar en Sera leyéndola. No la había visto, ya que le habían asignado a otra fisioterapeuta, y no hacía falta que preguntara por qué.

–¿Jordan?

–Sí, sigo aquí.

–Lauren no estaba embarazada.

–¿Cómo puede ser?

–Tiene una hermana gemela que es la madre de la niña. El investigador privado ha examinado registros y hablado con la gente de la ciudad en que Lauren se crio.

–¿Qué? ¿Y cómo creían que se iban a salir con la suya?

–No lo creían. Solo esperaban que la prensa sensacionalista les pagara por la historia y obtener algo de fama.

–Me extraña que no hayan recurrido al tradicional soborno –dijo Jordan furioso–. Que no hayan intentado hacerme pagar para comprar su silencio.

–Era demasiado arriesgado. Podías haber llamado a la policía y habrían acabado en la cárcel.

–Hay que publicarlo. Al menos, que no soy el padre.

Lo sé.

–Verás cuando la prensa se entere de que ha pagado por una historia falsa.

–Esas dos mujeres son gemelas. Pueden inventarse fácilmente una excusa para explicar por qué han contado la historia como lo han hecho: que, dado el momento del embarazo, no se podía excluir que fueras el padre, por ejemplo; o que a la que conociste y te dijo que se llamaba Lauren era, en realidad, su gemela. Las posibilidades son infinitas.

–Ya veo que entiendes lo que es una mente criminal –bromeó Jordan–. Gracias, Marv, por todo.

–Me dedico a eso –contestó el agente riendo–. El trabajo de un agente deportivo no se acaba nunca. Y que conste que trabajar contigo es más fácil que hacerlo con otros de mis clientes. No te has hecho la cirugía plástica en secreto, no sales en vídeos sexuales ni tomas drogas.

–Soy un ángel.

Marv rio.

–Disfruta de la vida. Si tu fisioterapeuta sigue haciendo milagros, estaremos en muy buena posición para negociar tus contratos publicitarios.

Después de haber acabado de hablar, Jordan reflexionó sobre las palabras de Marv: «Disfruta de la vida». Las buenas noticias deberían haberlo animado, pero se seguía sintiendo abatido e incompleto.

No le había dicho a Marv que Sera ya no era su fisioterapeuta. Había hecho milagros con él, pero no solo en la rodilla.

Había cambiado. Ella lo había cambiado.

Porque la quería.

Con la cabeza fría y sin el problema de su posible paternidad nublándole el entendimiento, entendió que, dada su experiencia anterior con los hombres, Sera se hubiera sentido traicionada por no haberle contado lo que se rumoreaba y haberse enterado por el fotógrafo.

Él no era mucho mejor que Neil, fuera quien fuese, y al que le gustaría darle un puñetazo.

Supuso que su pasado de playboy no habría contribuido a ganarse la confianza de Sera. Ni siquiera recordaba cuándo se habían conocido en la playa; ella, en cambio, sí lo hacía. Pero él ya no era el mismo que cuando tenía poco más de veinte años ni tampoco el que era cuando había iniciado la relación con Sera. Ni siquiera era el mismo que, unas semanas antes, había bromeado con Marc Bellitti.

Se había cerrado a un compromiso serio porque quería disfrutar de su fama y fortuna. Pero Sera era distinta. Lo había desafiado haciéndole pensar en el hombre que se ocultaba tras la máscara del jugador profesional famoso, hasta dejarle como única opción besarla y enamorarse de ella.

Su norma de tener únicamente relaciones ocasionales no lo había protegido de una cazafortunas ni de una supuesta paternidad. Con Sera, esa regla había estallado en pedazos y se había enamorado de una mujer que no quería tener nada que ver con él.

Tenía que hacer algo.

El Puck & Shoot era terreno conocido, por lo que era ridículo estar tensa. Había estado allí millones de veces.

Sin embargo, había accedido a ayudar a Angus de nuevo, y Jordan Serenghetti acababa de ocupar la mesa número cuatro.

Parecía más sano y fuerte que nunca: mandíbula firme, perfil perfecto, cabello negro, en el que ella había introducido los dedos mientras gemía de placer…

Había subestimado el poder de su atractivo. El tiempo que habían estado separados o había empañado sus recuerdos o estimulado su apetito.

De todos modos, la gente que los rodeaba le dio fuerzas. Al menos, no estaban totalmente solos.

Desde luego que había pensado en él, pero no estaba preparada para verlo tan repentinamente. Esperaba que intentara pasar desapercibido, debido a los rumores periodísticos. Angus le había asegurado que hacía tiempo que no lo veía.

Jordan se volvió y la miró a los ojos.

Con el bloc en la mano, se acercó a él.

—¿Sabes ya lo que vas a tomar?

Aquello era más que incómodo. Cuando se habían separado, se habían lanzado acusaciones y hecho daño.

—Sera.

No la había llamado «Angel». ¿Por qué estaba sentado solo, cuando había varios de sus compañeros de equipo en la barra?

—¿Qué quieres?

—Explicarme.

Sofocada, ella miró a su alrededor.

—No es el momento ni el lugar.

—Es el lugar perfecto y el momento llegó hace tiempo —Jordan sonrió. Y, a menos que pegues en la cabeza con el menú, estoy en buena forma.

Sera lo examinó. Por desgracia para ella, seguía igual de atractivo. Bernice le había dicho que continuaba recuperándose bien, a pesar de que no se lo había preguntado.

—Por suerte para ti, no quiero estropear el duro

trabajo que he tenido que realizar para ponerte en buena forma.

Jordan soltó una carcajada y Sera se cruzó de brazos.

–Me has hecho mejor en muchos sentidos –dijo él en voz baja.

Sera tragó saliva y bajó los brazos. Jordan la ponía furiosa y, al minuto siguiente, la hacía llorar.

Miró a su alrededor para comprobar que no llamaban la atención.

–Te deseo mucha suerte para arreglar las cosas con… –no sabía qué decir–. ¿La madre de tu hijo?, ¿tu examante?, ¿tu aventura de una noche?

Se le encogió el corazón y notó que le faltaba el aire.

–Ya lo he hecho.

–¿Qué?

–He arreglado las cosas.

–Ah…

–Debería haberte contado lo de los rumores. Lo siento.

Ella, emocionada, agitó la mano como para darle a entender que no tenía importancia, al tiempo que miraba todos sitios menos a él.

Jordan se metió la mano en el bolsillo de los vaqueros.

–Tengo los resultados de la prueba de paternidad.

Ella miró los papeles que él tenía en la mano, sin comprender.

–No es mi hija.

Ella alzó la vista para mirarlo a los ojos.

–Y Lauren ni siquiera es la madre. Marv se ha encargado de que, mientras estamos hablando, aparezca en la prensa la verdad.

–¿Cómo puede ser que Lauren no sea la madre? –preguntó ella, atónita.

–Porque la madre es su hermana gemela.

–¿Y pensaban que se saldrían con la suya?

La expresión de Jordan se ensombreció.

–Yo me he hecho la misma pregunta. Tenían que saber que acabarían por ser descubiertas, pero posiblemente después de haber recibido una buena cantidad de dinero por la publicación de la historia.

Temblando, ella dejó el bloc en la mesa.

–No importa. Ya había decidido que daba igual que fueras el padre o no.

–Sera, te quiero.

¿Qué? Era demasiado y lo único que se le ocurrió decir fue:

–¿Por qué tengo que creerte?

Jordan se levantó y se le acercó.

–Porque tú también me quieres.

Lo dijo de manera tan despreocupada que ella casi no lo entendió.

Sera parpadeó para combatir la emoción que la invadía y alzó la barbilla.

–Tú sigues siendo quien eres y yo sigo siendo quien soy.

–¿Y quién soy? –preguntó él en voz baja–. He cambiado, sobre todo desde los comentarios que hice aquí a Marc Bellitti –parecía contrito.

Los dos sabían a lo que se refería.

–En aquel entonces, me parecía más seguro seguir jugando que reconocer la verdad.

–¿Que es?

–Que te quiero –Jordan miró a su alrededor e hizo una seña a Angus.

–¿Qué haces? Tengo que seguir trabajando.

–Ya me he encargado de eso –afirmó él sonriendo–. Angus te ha sustituido por otro camarero.

–Pero si anda escaso de personal.

–Ya no. El otro empleado acaba de incorporarse.

–Lo habías planeado…

–Digamos que Angus, en el fondo, es un romántico que está contento de echarme una mano.

–Me ha llamado, a pesar de que no me necesitaba.

–Yo te necesito –dijo él mirándola a los ojos–. He tenido la oportunidad de ordenar mis prioridades. Y me he dado cuenta de lo que es importante para mí, aparte de mi carrera y de recuperarme de la lesión.

Después de haber hecho la seña a Angus, la música dejó de sonar y todo el mundo se calló. Jordan alzó la voz.

–Presten atención, por favor.

Desconcertada y preocupada por él, ¿tenía fiebre?, ¿le había dado un ataque de locura transitorio? Sera se inclinó hacia él.

–¿Qué haces?

Jordan esbozó la sonrisa marca de la casa.

–Voy a hacer una declaración pública…

Algunos de los presentes silbaron.

–... que creo que mis compañeros de equipo nunca se hubieran imaginado que oirían.

Hubo risas.

–Declaro mi amor eterno a...

Jordan le agarró la mano y se la besó.

–¿The Puck & Shoot? –bromeó alguien.

–... Serafina Perini –concluyó Jordan.

–Tengo palpitaciones –dijo Marc Bellitti agarrándose teatralmente el pecho.

Algunas mujeres suspiraron.

Jordan se volvió hacia sus compañeros.

–Chicos, ya vale. Bastante difícil es ya hablar con el corazón en la mano, sin saber qué posibilidades tengo.

Sera tragó saliva porque se estaba ahogando. Jordan se le estaba declarando en público. Ella podía rechazarlo, hacérselo pagar o confesar que también lo quería.

Jordan abrió la boca para seguir hablando, pero ella, impulsivamente, le impidió hacerlo con un beso. Notó su sorpresa, antes de relajarse y dejar que lo besara.

Hubo algunas risas y más suspiros femeninos.

Cuando ella se separó, lo miró a los ojos.

–¿Es eso un «sí»? –preguntó él.

Ella asintió al tiempo que le rodeaba el cuello con los brazos.

–Sí, sí a todo –lo miró a los ojos–. Te quiero, Jordan.

–Creo que mi vida profesional de jugador de hockey va a revivir gracias a ti y, con tu ayuda, también habrá nuevas instalaciones en el hospital.

Sera notó que los ojos se le llenaban de lágrimas, así que, para compensar, bromeó.

–¿Lo van a llamar pabellón Serenghetti?

–Ya hablaremos. Tal vez debamos llamarlo como a nuestro primer hijo.

–Tienes grandes planes.

–Sí.

–Nuestras familias van a enloquecer con la noticia. Y nuestros hijo serán primos de Dahlia por partida doble.

Él la atrajo hacia sí para besarla.

Los aplausos sonaron a su alrededor.

–Me encantan los finales felices –dijo una mujer.

–¿Quién va a ser el soltero más cotizado de los Razors, ahora que Serenghetti se ha retirado?

–Angus va a empezar a cambiar los canales televisivos para que veamos dramas que acaban bien, en vez de partidos de hockey –masculló un hombre en la barra.

–¿Y qué mal hay en ello? –preguntó una mujer.

Mientras dejaban de besarse, Sera rio junto a la boca de Jordan.

«Nada. Nada en absoluto».

Epílogo

Si un años antes, alguien le hubiera dicho a Sera que estaría organizando su boda con Jordan Serenghetti, no se lo hubiera creído. La vida era bella de formas inesperadas.

De pie al lado de Jordan, observó a los Serenghetti charlando y riendo en casa de Serg y Camilla, antes de que comenzara la fiesta de compromiso. Pronto sería uno de ellos: Serafina Perini Serenghetti. Mentalmente, ella había pronunciado el nombre muchas veces, y la emocionaba. Le parecía estar donde debería.

Claro que la familia ya la trataba como a uno de ellos. Era prima de Marisa, pero también la prometida de Jordan.

Camilla había declarado que supo desde un principio que Sera sería la pareja ideal de su hijo pequeño. Serg felicitó a su hijo por su sabia decisión. Cole y Rick le dijeron que era un hombre afortunado y bromearon con que pronto ingresaría en las filas de la paternidad, como ellos ya lo habían hecho, lo cual sonrojó a Sera. Y Marisa estaba emocionada porque Sera y ella fueran a ser cuñadas, además de primas.

Mia Serenghetti se los acercó y apretó el brazo de Sera.

–Enhorabuena. Quería repetíroslo antes de que lleguen los demás invitados.

–Gracias, Mia.

Esta miró a Jordan y añadió:

–Has hecho muy feliz a mi hermano. Y más vale que se porte bien.

–Ahora que ya estoy comprometido, te toca a ti –bromeó Jordan.

Mia fingió sentirse ofendida.

–¿Cómo me dices eso, después de haber guardado el secreto sobre vosotros en la boda de Constance y Oliver?

–Muy sencillo, por mamá. Ya está lista para su próximo papel estelar: la madre de la novia.

Mia puso los ojos en blanco.

–Yo estoy casada con mi trabajo de diseñadora.

–Buenas suerte, Mia –dijo Sera–. Pospondré los planes de boda de Jordan para ti todo lo que pueda.

–Gracias –Mia la miró agradecida–. Me alegro de tener una nueva aliada en la familia.

Camilla llamo a Mia para preguntarle algo y Jordan consultó el reloj.

–Tu familia no tardará en llegar.

Sera se frotó las manos, no porque estuviera nerviosa, sino porque estaba emocionada.

–Sí. Y mi madre va a traer a su pareja.

Su «amigo», como Rosana Perini lo denominaba, era un hombre de mediana edad que llevaba gafas, era educado y tenía sentido del humor. A Sera le había caído bien inmediatamente y se alegraba de que su madre hubiera dado el paso siguiente al invitarlo ese día.

Dante también acudiría, por descontado. Cuando él y su madre supieron que Jordan y ella habían arreglado las cosas y lo mucho que se querían, se habían emocionado tanto como la familia Serenghetti. Dante, naturalmente, estaba encantado de convertirse en el cuñado del jugador estrella de los Razors.

Sera agarró del brazo a Jordan y sonrió.

Él estaba llevando a cabo su mejor temporada con los Razors. Su nuevo contrato con el equipo había superado sus expectativas, además de haber renovado sus contratos publicitarios por una impresionante suma. En consecuencia, sus planes de crear un centro de rehabilitación en el Hospital Infantil de Welsdale seguían su curso. Incluso Bernice estaba contenta por los nuevos equipos deportivos que habían contratado Astra Therapeutics, tras su éxito con Jordan.

Él se inclinó para susurrarle al oído.

—¿Te he dicho recientemente que te quiero?

—Hace unas horas que no me lo dices.

—Tal vez sea hora de buscar otro guardarropa.

—¡Estamos en nuestra fiesta de compromiso! —exclamó Sera riéndose a medias.

Jordan se irguió. Le brillaban los ojos.

—A nadie le extrañaría. Puede que Mia hasta lo esté esperando.

—Algo me dice que vamos a pasarnos la vida buscando un guardarropa.

Jordan se inclinó para besarla.

—Cuento con ello.

Acepte 2 de nuestras mejores novelas de amor GRATIS

¡Y reciba un regalo sorpresa!

Oferta especial de tiempo limitado

Rellene el cupón y envíelo a
Harlequin Reader Service®
3010 Walden Ave.
P.O. Box 1867
Buffalo, N.Y. 14240-1867

¡Sí! Por favor, envíenme 2 novelas de amor de Harlequin (1 Bianca® y 1 Deseo®) gratis, más el regalo sorpresa. Luego remítanme 4 novelas nuevas todos los meses, las cuales recibiré mucho antes de que aparezcan en librerías, y factúrenme al bajo precio de $3,24 cada una, más $0,25 por envío e impuesto de ventas, si corresponde*. Este es el precio total, y es un ahorro de casi el 20% sobre el precio de portada. !Una oferta excelente! Entiendo que el hecho de aceptar estos libros y el regalo no me obliga en forma alguna a la compra de libros adicionales. Y también que puedo devolver cualquier envío y cancelar en cualquier momento. Aún si decido no comprar ningún otro libro de Harlequin, los 2 libros gratis y el regalo sorpresa son míos para siempre.

416 LBN DU7N

Nombre y apellido	(Por favor, letra de molde)
Dirección	Apartamento No.
Ciudad	Estado	Zona postal

Esta oferta se limita a un pedido por hogar y no está disponible para los subscriptores actuales de Deseo® y Bianca®.
*Los términos y precios quedan sujetos a cambios sin aviso previo.
Impuestos de ventas aplican en N.Y.

SPN-03   ©2003 Harlequin Enterprises Limited

Bianca

De una noche inolvidable… ¡al altar!

INOCENTE BELLEZA

Clare Connelly

Gabe Arantini, soltero de oro y multimillonario, se había puesto furioso al enterarse de que la inocente belleza con la que había pasado una maravillosa noche era la hija de su rival. Y las navidades siguientes Abby le había dado la noticia de que había sido padre. Gabe había sabido que tenía que casarse con ella para que su hijo creciese en el seno de una familia, pero el suyo sería un matrimonio solo en el papel, salvo que la química que había entre ambos pudiese cambiar la situación.

DESEO

Su sexy jefe le llegó al corazón y despertó su deseo de una forma completamente inesperada

Noches mágicas

MAUREEN CHILD

Joy Curran era madre soltera y necesitaba el trabajo que le había ofrecido su amiga Kaye, el ama de llaves del millonario Sam Henry, quien vivía recluido en una montaña. Sam no se había recuperado de la muerte de su esposa y de su hijo, y se negaba a sí mismo el amor, la felicidad y hasta las fiestas de Navidad. Sin embargo, Joy y su encantadora hija lo devolvieron a la vida. Por si eso fuera poco, Joy le despertó una pasión a la que difícilmente se podía resistir, y empezó a pensar que estaba perdido. ¿Sería aquella belleza el milagro que necesitaba?